Il segreto di Lady Jane

Liz Levoy

Elisa Press

Aprile 2021

Pubblicato da:

Splendid Island Ltd

Scanbox 05927

Ehrenbergstrasse 16a

10245 Berlin - Deutschland

Indice

Capitolo 1

1819 Loughborough, Inghilterra

"Sarà solo per un po', ve lo assicuro. In men che non si dica ci rimetteremo in piedi. Dobbiamo solo aspettare i rendimenti dell'investimento con Chalain. Sono sicuro che quando accadrà, potremo investire ulteriormente con esso e, molto presto, torneremo al luogo dove un tempo appartenevamo". Lord Hathaway li rassicurò, mentre introduceva la sua piccola famiglia di tre persone all'interno della loro casa di campagna.

Jane Hathaway, sua unica figlia, alzò gli occhi al cielo. Quante volte prima avevano sentito tutto ciò? Aveva perso il conto. Fin da quando suo padre aveva iniziato a tuffarsi a capofitto nei debiti sperperando il suo patrimonio al gioco, egli aveva iniziato a raccontare questa cantilena. All'inizio era stato "La prossima partita vincerò e otterrò tutto indietro." Dunque, egli aveva proseguito e aveva scommesso maggiormente durante la partita successiva sperando di vincere tutto e oltre, finendo solamente per perdere tutto e anche di più. Egli aveva continuato in quel modo fin quando era riuscito a perdere tutto ciò che possedevano. Ricchezza, possedimenti, terre, rapporti d'affari con varie società, la loro residenza a Londra, la loro casa di campagna, egli aveva perso tutto fino a quando non avevano avuto altra scelta che ritornare in questa casa.

Quello che era giunto come il colpo più pesante era stato perdere la loro residenza. La casa era magnifica e, per un'amante delle opere architettoniche come Jane, era stato un piacere viverci. La casa era in stile palladiano con i suoi piccoli giardini quadrati nella parte anteriore. Si trattava di un edificio a due piani, c'era una soffitta e circa trenta stanze. A ogni lato della casa erano posizionati dei padiglioni, ma il centro era più alto rispetto agli altri lati della casa. Le finestre erano ampie ed erano state posizionate in una griglia. Suo padre le aveva detto che erano state fatte in quel modo per ridurre la tassa sulle finestre che era in vigore all'epoca. Lei aveva amato guardare fuori dalle finestre a muro, specialmente dal momento che iniziavano in corrispondenza della sua vita permettendole una semplice visione attraverso di esse. Da quel punto poteva ammirare le strade di Londra, la piccola stalla ed il giardino che sua madre spesso accudiva con così tanta cura e dedizione. C'era un balcone nella sua stanza e anche nelle altre camere - eleganti balconi di ferro battuto. La casa era stata costruita in mattoni ma era stata dipinta con una facciata di stucco bianco, aggiungendo eleganza. Dall'esterno sembrava un piccolo castello, adatto ad un re. Alto, fiero, con dei bellissimi prati verdi. Quando qualcuno entrava veniva accolto dalla struttura elegante dei soppalchi, dalle balaustre sui soffitti e dal camino. Poi, naturalmente, c'erano le mezzelune e le terrazze. Decorazioni in oro e argento, bellissime pietre e vasi di porcellana, oggetti d'arte, solo per menzionarne alcuni. Era davvero magnifica. Ebbene, ora, era tornata in un'altra casa splendida. Una che sentiva maggiormente come una casa rispetto a quella che aveva lasciato.

Questa era in tipico stile gotico dopo essere stata tramandata per decadi. I suoi mattoni rossi erano stati dipinti in marrone ma essa rimaneva ancora in piedi solida e imponente. Nana aveva detto che aveva visto quasi un centinaio di anni, e che ne avrebbe visti ancora. Era una bellezza, più grande della loro casa a Londra - anzi, di quella che era la loro casa. Era stata costruita con delle mura e aveva servito la sua causa durante la guerra napoleonica e durante le guerre precedenti. Jane calcolò che l'unica ragione per cui possedevano ancora questa casa era perché la sua defunta nonna, benedetta la sua anima, aveva rifiutato di intestarla a suo padre. Era certa che se Nana lo avesse fatto, suo padre l'avrebbe persa in una scommessa molto tempo prima, e poi non avrebbero davvero avuto un posto in cui andare e sarebbero diventati dei senzatetto, niente di diverso dai poveri che vivevano per le strade. E pensare che un visconte che aveva ereditato tutta la ricchezza di cui avrebbe mai avuto bisogno dai suoi antenati era caduto in uno stato così basso, tutto perché egli non riusciva a frenare la sua dipendenza.

Lei sospirò. Era una malattia purulenta, solamente che egli ancora non voleva accettarlo. Fino a quando non lo avesse fatto, non avrebbero potuto cercare una cura per lui. Come poteva una persona sperare di riuscire a far prendere i suoi farmaci ad un uomo malato, quando egli non credeva di esserlo? C'erano così tante cose che sperava potesse dire a suo padre. Comunque, sapeva che la scelta migliore sarebbe stata mantenere la sua tranquillità. Suo padre non soffriva solo della malattia del gioco d'azzardo, egli soffriva anche della malattia dell'orgoglio. Sicuramente non era il suo unico problema. Infatti, se non avesse incontrato Nana, avrebbe vissuto una vita di infinita ricerca riguardo la verità dei suoi genitori biologici, perché non aveva mai visto nessuno così diverso dalle persone che l'avevano messa al mondo. Doveva ringraziare Nana per molte cose. Soprattutto, per essersi presa cura di lei fino a quando non era stata una ragazza di diciassette anni, pronta per entrare in società. Ciò era stato sei anni fa. Nana era stata morta per cinque di essi. Da qual momento aveva vissuto completamente con i suoi genitori. Gli anni l'avevano resa sempre più imbarazzata da loro. Molte volte, desiderava che non fosse una donna che dovesse traslocare dalla casa di suo padre alla casa di suo marito. Se fosse stata un uomo, il cielo sapeva che se ne sarebbe andata molto tempo prima. Purtroppo, era una donna e non aveva alcun modo di scappare eccetto il matrimonio. Dopo il suo fidanzamento fallito, era molto probabile che ciò non sarebbe mai successo. Ciò significava che era condannata a passare il resto della sua vita con queste persone. Magari, raggiunta l'età di trent'anni e rimasta nubile, le sarebbe stato permesso di condurre la sua vita.

"Oh Evans, certo. È solo per un breve periodo. Presto potremo tornare a Londra, ricompreremo la nostra casa e una ancora più grande e a tutti quelli che mi burlavano, specialmente Cecilia Jones, faremo rimangiare le loro parole. Devono solo aspettare e vedere!" Amelia Hathaway pianse, supportando i folli sogni di suo marito.

Jane li ignorò semplicemente e cercò la strada per la sua camera. La camera che aveva posseduto quando era una bambina durante tutti quegli anni in cui viveva con Nana. Se non altro, era bello essere tornata nella casa per i ricordi che custodiva nel suo cuore di questo posto. Era certa che ne avrebbe avuto uno da rimembrare ogni volta che si muoveva attraverso i luoghi della casa. Un affettuoso ricordo di Nana che le raccontava le storie, cucire insieme, fare una passeggiata insieme, o semplicemente discutere riguardo le disfunzionali norme della società di cui nessuno era interessato a rendersi conto. Aveva vissuto i suoi migliori momenti qui ed era lieta almeno, che avesse questa casa a cui tornare. Dopo che i domestici portarono i suoi contenitori li mandò via, facendogli sapere che avrebbe disfatto le valigie lei stessa. Prima di venire a Loughborough avevano dovuto lasciare andare gradualmente la loro servitù fino a quando era rimasto solo il maggiordomo. Si era abituata a fare le cose da sola. Era stato facile perché Nana non l'aveva mai viziata facendole avere molti domestici intorno. Aveva imparato a cucinare, pulire, vestirsi da sola e aveva gustato ogni momento di ciò. Per fortuna, Nana era riuscita in qualche modo a mantenere pagato lo staff di questa casa stabilendo un supporto finanziario per loro. Aveva voluto tenere il suo staff in modo che essi non sarebbero rimasti senza lavoro e che la sua casa sarebbe sempre stata pronta e disponibile per loro. Era come se Nana avesse previsto questo futuro. Poi, quando si conosceva suo padre bene come sua madre lo conosceva, era facile dire che sarebbe arrivato a questo punto.

Quando chiuse la porta dietro le domestiche sentì la voce di sua madre galleggiare lungo il corridoio. Amelia non era migliore di suo marito. Eccetto che, quando suo marito scommetteva, lei sperperava denaro in inutilità esorbitanti. Stava sempre comprando un gioiello o l'altro, un vestito o l'altro, troppo persa nel competere con le altre donne del mucchio, per prestare attenzione ai metodi di autodistruzione di suo marito e pretendere un cambiamento. Per il modo in cui Jane lo vedeva, essi erano semplicemente fatti della stessa pasta. Due uomini ciechi che si sarebbero condotti a vicenda verso nulla di buono.

Sospirò nuovamente e si voltò per tornare nella sua camera. Era proprio come se la ricordava. Il suo letto a baldacchino giaceva al centro, coperto con lenzuola esotiche. Il baldacchino era drappeggiato con il migliore lino ricamato. Era un letto adatto a una principessa. Aveva una toeletta, intagliata perfettamente da un forte legno pregiato accanto alla sedia che le era stata inviata con esso. Le assi di legno del pavimento brillavano sotto i suoi piedi, un divano e un tavolo dove lei sedeva per leggere e mangiare i suoi pasti erano posizionati proprio di fronte al suo letto. Aveva un armadio per riporre i suoi vestiti, e un bagno di fortuna, nel quale giaceva la sua vasca da bagno. Dal lato opposto della stanza c'era una grande finestra che si affacciava sul villaggio sottostante. Il villaggio ... impaziente di vedere la vista che le era notevolmente mancata si avvicinò alla finestra e scostò le tende e i drappeggi. Successivamente, aprì la serratura che teneva chiuse le finestre in vetro e quando si liberarono, le spinse verso l'alto.

Spinse la testa fuori e respirò l'aria fresca della campagna con gli occhi chiusi. Mentre le si riempivano i polmoni lasciò andare tutta la sua stanchezza in un lungo flusso d'aria. I suoi occhi si aprirono in quel momento e guardò. Erano passati cinque anni ed era ovvio che molto fosse cambiato. Lo aveva notato durante il viaggio di ritorno, ma guardando il panorama da questo punto, era molto più evidente e così bello che perse il respiro.

Dove c'erano stati degli spazi vuoti, ora erano posti degli edifici, bancarelle, case. Quando guardò ulteriormente, riuscì a vedere il mercato. Le strade erano piene di carrozze, cavalli e persone che camminavano. Tutto sembrava così piccolo e perfetto e nonostante le

attività, silenzioso. Un sorriso si fece spazio dal suo cuore fino alle sue labbra e le sollevò ogni angolo della bocca. Forse tornare qui, dopotutto, era una benedizione camuffata. La prima cosa che avrebbe fatto quando si fosse ripresa dal lungo viaggio da Londra, sarebbe stato andare al villaggio e al mercato. Voleva vedere ciò che era rimasto immutato e il numero di persone che sarebbe stata in grado di rimembrare.

Rimase accanto alla finestra per lungo tempo e quando le sue palpebre cominciarono a chiudersi, si alzò dalla sedia che aveva avvicinato e camminò verso il suo letto. Non preoccupandosi di togliere i vestiti con cui aveva viaggiato, cadde sul suo letto e cedette alla stanchezza.

Jane si svegliò il giorno seguente, sentendosi riposata e rinvigorita – non che avesse dormito da quel momento del giorno prima fino a ora. Prima di chiudere la serata era stata svegliata per la cena, si era fatta il bagno e si era cambiata con una camicia da notte. Questa mattina si sentiva molto meglio. Il rumore proveniente dalle strade le riempiva le orecchie e istantaneamente prese la decisione di fare quella passeggiata nel villaggio. Suonò la campanella vicino al suo comodino e poco dopo, si sentì un colpo alla sua porta.

"Potete entrare," gridò.

La porta si spalancò ed entrò una domestica. Fu quando vide di chi si trattava. Il suo cuore si riempì di felicità nel momento in cui riconobbe Abigail, una delle poche amiche che aveva avuto durante la sua infanzia. Abigail aveva lavorato a fianco di sua madre, Regina, quando Jane aveva vissuto qui. Il giorno prima era stata troppo stanca per chiedere di lei.

"Abigail!" strillò saltando fuori dal suo letto. Quello fu l'unico avvertimento che ricevette la domestica prima che Jane la stringesse tra le sue braccia in un caldo abbraccio.

"Non posso credere ai miei occhi!" esclamò quando si allontanarono. "Siete proprio voi!", guardava Abigail con meraviglia, proprio come faceva quest'ultima con lei, gli stessi sorrisi sui loro volti.

"Chi altro potrebbe essere se non io, Lady Jane? Sì. Sono io. Quando arrivò la notizia che il padrone si sarebbe trasferito nella casa per un po', sperai che voi sareste tornata con loro. Non giunse mai parola sul vostro matrimonio, dunque non ero certa se vi foste sposata oppure no. Mi dispiace di non aver potuto essere qui al vostro arrivo. Mia madre si è ammalata qualche giorno fa e mi sono occupata di lei. Ho ricevuto solo ieri il messaggio che sareste arrivata con loro. All'alba ero già sulla mia strada, entusiasta di vedervi." Successivamente, a bassa voce, aggiunse, "Ero preoccupata che non vi sareste ricordata di me."

Gli occhi di Jane si spalancarono. Come poteva Abigail pensare che avrebbe potuto dimenticarla? Insieme avevano vissuto i momenti migliori. Dopo,

decidendo di prenderla in giro, fece un passo indietro e strizzò gli occhi mentre la scrutava. Abigail era rimasta come se la ricordava. Sebbene, ovviamente, il suo viso era sicuramente scolpito dagli anni, i suoi tratti apparivano più duri, senza dubbio a causa del duro lavoro. Ciò nonostante, era sempre alta quanto Jane, che era circa un metro e settanta, i suoi capelli erano ancora neri come il cielo notturno e scendevano fino alla sua vita. Alla luce del mattino Jane poteva vedere i suoi occhi marroni. La sua vita era rimasta visibilmente stretta nella divisa da domestica che portava. Jane disse, nuovamente,

"Hmm … avete ragione. Sì. Non capisco come potrei riconoscervi. Innanzitutto, siete diventata più brutta. Il vostro girovita sembra essere diventato più largo." Si fermò improvvisamente e fece un drammatico sospiro. "Siete sicura di essere Abigail?"

Abigail scoppiò a ridere e Jane si unì a lei. Nel momento in cui si ripresero i loro stomaci facevano male e le lacrime macchiavano i loro occhi.

"Santo cielo. Non ridevo in questo modo da così tanto. È bello sapere che siete qui, Abigail. La vita non sarà così noiosa come avevo temuto, dopotutto."

"Sissignora. È bello avervi qui. Comunque, dubito che avreste trovato la vita di campagna così noiosa, avete sempre amato stare qui e ve ne state per conto vostro la maggior parte del tempo." Si fermò mentre inclinò la sua testa nuovamente. "Presumendo che questo non sia cambiato?"

Jane era così contenta dei ricordi che Abigail aveva di lei. "Ovvio che no, Abigail! Ricordate troppo bene. Avete ragione. Non sono mai stata in grado di farmi molti amici a Londra. La vita fenetica, la trovavo estenuante, soprattutto durante le stagioni dei balli. Spesso preferivo rimanere a casa invece di partecipare al trambusto delle attività della città. E i balli, una volta mi piacevano ma con il passare degli anni, mi avevano stancata. Dopo la morte di Nana, non avevo più alcuna scusa per tornare qui e i miei genitori preferivano Londra. Raramente abbiamo fatto visita alla casa di campagna di mio padre. Avrei dovuto scrivervi Abigail. Vi chiedo perdono." Sentiva un pizzico di senso di colpa ora, rimembrando l'amicizia che avevano condiviso ma Abigail lo eliminò rapidamente.

"Assurdità. Non avevo nessuna aspettativa, non perché pensassi male della vostra persona, ma perché capivo perfettamente che le cose erano destinate a cambiare. Comunque, ora siete tornata ed è tutto ciò che conta".

"Sì, dobbiamo rimediare al tempo perduto. Venite, Abigail, ditemi tutto ciò che è successo in mia assenza e io farò lo stesso." La prese a braccetto e la condusse verso il suo letto.

"Principalmente, cos'è quello che sento riguardo vostra madre? Cosa tormenta Regina?" Indagò mentre si sedevano sul suo letto.

Abigail le offrì un piccolo sorriso. "A tempo debito. Indubbiamente dovete avermi convocata per qualcosa?"

Jane agitò la sua mano. "Volevo dell'acqua per farmi il bagno, ma può aspettare."

Risolto ciò, trascorsero le ore seguenti a parlare di ciò che era accaduto nelle loro vite fino a quel momento. La colazione venne portata e venne condivisa dalle due ragazze e dopo che entrambe furono messe al corrente delle vicende che riguardavano la vita dell'altra, Jane concluse che era giunto il momento di andare al villaggio. Prima, avrebbe fatto visita alla madre di Abigail e dopo, sarebbero andate al mercato per comprare alcuni prodotti.

Mentre si incamminavano verso il villaggio, Jane sentì un senso di tranquillità. Aveva detto ad Abigail tutta la verità riguardo la ragione per cui erano qui e si fidava che la sua amica avrebbe tenuto queste parole nel suo cuore. Condividerlo con qualcuno le aveva portato un grande sollievo.

Capitolo 2

Southwell, Inghilterra

Charles Wellington, il conte di Southwell, si era impegnato in tutti questi anni a condurre una vita serena. Era stato un figlio obbediente ai suoi genitori, aveva cercato di renderli fieri in tutti i modi, e ci era riuscito. Essi erano morti, i loro cuori lo rallegravano come l'uomo che aveva creato di sé stesso. Lo aveva fatto accanto alla sua defunta moglie, Marylyn. Nel momento in cui aveva posato i suoi occhi su di lei, aveva chiesto di corteggiarla e lei aveva rapidamente accettato. Per tre mesi, si erano corteggiati e in quei tre mesi, Charles si era profondamente innamorato della sua bellezza, della sua grazia e del suo fascino. Sicuro che nessun'altra donna avrebbe posseduto il suo cuore nel modo in cui lo faceva Marylyn, le aveva presentato un anello al termine dei loro tre mesi di corte, e le aveva chiesto di sposarlo.

Quel giorno era stato uno dei più belli della sua vita, perché Marylin aveva detto sì. L'aveva rispettata fino a quando non si erano sposati, un mese dopo nella cappella. Più tardi, quella notte, l'aveva resa veramente sua moglie. Quando arrivò la notizia che aspettava un figlio, egli era entusiasta, entrambi lo erano. Tristemente, quella felicità svanì quando egli dovette vedere la vita abbandonare l'amore della sua vita, mentre il sangue scorreva incessantemente fuori dal suo corpo, dopo aver partorito due gemelle. Per settimane egli era stato distrutto, per mesi egli aveva pianto la perdita di sua moglie. Fu solo quando il suo dolore lasciò la presa su di lui, che egli ricordò l'unica cosa che lei gli aveva lasciato – le loro figlie gemelle. Con la caduta delle schegge egli aveva dato un'occhiata ai suoi angeli di otto mesi e si era innamorato di loro, come era successo con la loro madre. Diversamente da quello che avrebbero fatto molti uomini del suo rango, Charles aveva sacrificato il suo tempo per assicurarsi di essere presente, per quanto potesse permetterselo, per le sue figlie che stavano crescendo e avevano bisogno dell'amore dei genitori. Egli era stato la loro madre e il loro padre, la loro tata, chiedendo aiuto solamente quando lo necessitava profondamente. Era stato coinvolto nella loro crescita tanto quanto aveva potuto permettersi, e lo era ancora. Solo che adesso, avevano otto anni e non avevano più così tanto bisogno di lui. Avevano bisogno di un'istitutrice. L'unico problema era che non ne volevano una. Questo lo portò al suo problema, al dolore che affliggeva la sua mente di tanto in tanto.

Egli era un brav'uomo. Davvero non si meritava ciò. Quindici governanti in tre anni. L'ultima stava in piedi davanti a lui in questo momento, respirando affannosamente ed egli sapeva cosa voleva dire ancora prima che lei aprisse bocca per dire una singola parola. Quante volte si era trovato in questa situazione durante gli ultimi tre anni? Quindici volte. Alcune volte, desiderava che non avesse promesso di dare loro tutto ciò che volevano. Poteva sentire un mal di testa tornare di nuovo. Egli alzò tre dita all'altezza della tempia e iniziò a massaggiarla, distrattamente. Con l'altra mano puntò al posto a sedere dall'altro lato della sua scrivania, di fronte a sé.

"Suggerisco che vi sediate. Per favore, Miss Smith."

La donna guardò al posto a sedere e poi di nuovo lui, poi scosse la testa. "Preferirei rimanere in piedi, signore. Siccome non rimarrò per molto. Sono venuta solo per dirvi che ho fatto le valigie e che presto me ne andrò. Solamente non voglio lasciarvi senza dirvi addio. Non sarebbe consono."

Fingendo la sorpresa ma non la preoccupazione che sentì, si mise a sedere sulla sua sedia. Odiava rimanere seduto mentre una donna era in piedi davanti a lui. Era scortese. Comunque, era preoccupato che Miss Smith percepisse l'idea sbagliata se si fosse alzato. Ciò avrebbe peggiorato la situazione e non voleva accadesse. Voleva solo salvarla, disperatamente.

"Miss Smith, forse, volete darmi una spiegazione del perché avete preso una decisione così affrettata?"

"Affrettata?" Dovete perdonare la mia impertinenza signore, ma questa decisione è tutto fuorché affrettata. Ci ho pensato dal momento in cui ho incontrato quelle stre…" si fermò e fece un piccolo sorriso. Era così arrogante che Charles non ebbe alcun dubbio che si stava per riferire alla sue figlie con la parole streghe. Lei continuò, dopo aver apparentemente riacquistato la compostezza.

"- vostre meravigliose figlie. Ho solo resistito e sono rimasta, credendo che forse, con il tempo, ci saremmo conosciute meglio e avrei iniziato a piacere loro. Un desiderio folle, ora realizzo che è evidente che quelle ragazze non mi avrebbero mai apprezzata. Scusate il mio linguaggio, signore, ma sono orribili come le descrivono le storie."

Charles fece una smorfia dentro di sé alle sue parole. Aveva sentito parole peggiori usate per descrivere le sue figlie e in verità, non poteva biasimarle. Prese il suo tempo poi, per guardare Miss Smith. Sembrava trasandata, c'erano rughe da stress lungo il suo viso. In verità, appariva peggio per come era vestita paragonata alla donna che si era presentata alla sua porta con uno spirito brillante e un grande sorriso sul suo volto, tre settimane prima.

Sospirando, chiese. "Cosa hanno fatto questa volta?"

La sua risposta arrivò energicamente, "Hanno messo una rana nella mia vasca da bagno. Potete immaginare una cosa simile? Una rana! Ho sopportato di bere il tè dolcificato con troppo zucchero, di avere le pagine del mio diario strappate, pezzi dei miei indumenti squarciati da mattoni affilati e il mio sapone scambiato con una pietra. Nondimeno, non dovrei sopportare ciò. Non più. Sono dispiaciuta, signor Wellington. L'offerta era veramente allettante ma non posso continuare a rischiare la mia salute e sanità mentale per venticinque monete d'oro. Qui è dove presento la mia lettera di dimissioni e dico addio alla sua casa."

Se non avesse sentito racconti simili da altre donne che erano venute prima di lei, avrebbe pensato che le sue parole mentivano. All'inizio non era riuscito a credere che quelle ragazze che erano degli assoluti angeli quando erano con lui, fossero capaci di quelle marachelle. Con il passare del tempo, non c'era stato più spazio per la negazione. Non disse nulla per un momento e prese un respiro profondo.

"Aggiungerò venticinque monete d'oro. Certamente non potete arrendervi per qualche pagliacciata infantile. I bambini sono propensi alla malizia, dovete saperlo. Per favore, vi prego. Ripensateci. Parlerò con loro e farò loro sapere che non permetterò più buffonate. Solamente, riconsiderate".

Lei non si scompose. "Anche se aggiungeste un centinaio di altre monete, mio signore, sono dispiaciuta, ma non mi inciterebbe a riconsiderare. Ho preso la mia decisione. Sono venuta solo per incassare la mia paga per le tre settimane che ho lavorato. Quelle non sono stupidaggini. E voi non potete farle smettere. Avevo sentito storie su di loro ma semplicemente pensavo che non fossero altro che esagerazioni. Ora, lo so bene."

Aveva veramente preso la sua decisione, questo era evidente. Tuttavia, egli non poté fare a meno di voler provare ancora una volta. Aveva assunto quasi tutte le istitutrici di questo lato della contea. Era preoccupato che non sarebbe stato in grado di trovarne altre, disposte a lavorare per lui. "Miss Smith. Per favore. Vi prego.

Hanno bisogno di una governante. Siete la mia ultima speranza.”

Lei non disse nulla. Semplicemente incrociò le mani e guardò dall’altro lato. Rassegnato, Charles aprì il suo cassetto e cercò un sacchetto. Prese quello che sapeva contenesse circa trenta monete d’oro e si alzò per porgerglielo. Era solamente giusto, per tutte le cose che aveva dovuto passare durante le ultime tre settimane, per mano delle sue figlie.

“Accettate le mie più sincere scuse per il loro comportamento. Oltre alla mia gratitudine per aver resistito così a lungo. Vi auguro il meglio nella vita, Miss Smith.”

“Grazie, Lord Wellington,” rispose mentre accettava il sacchetto. Ci giocherellò per sentirne il peso e quando atterrò sul suo palmo con un suono, un luccichio di soddisfazione si illuminò nei suoi occhi. “Voi, senza dubbio, siete un uomo gentile e nobile. Davvero, è un peccato quello che dovete sopportare. Anche io vi auguro tutto il meglio.” Si piegò in un debole inchino e si incamminò fuori dallo studio. Egli camminò intorno alla sua scrivania e la guardò mentre se ne andava. Dopo, quando raggiunse la porta, si piegò per afferrare la sua valigia con entrambe le mani. Mentre si rialzava, si girò verso di lui e disse le sue ultime parole.

“Rain e Sky non hanno bisogno di una governante. Se posso permettermi di dirlo, hanno bisogno di una madre. Vi dico addio, Lord Wellington.”

Il cuore di Charles si contorse in un doloroso nodo. Comunque, egli le rivolse un piccolo sorriso che non raggiunse mai i suoi occhi. "Anche a voi, Miss Smith. Addio."

Con un cenno, era fuori. Charles guardò i documenti sulla sua scrivania. C'era ancora così tanto da fare e la giornata era appena iniziata. Comunque, sapeva che non sarebbe stato più in grado di portare nulla a termine oggi. Allentando la sua cravatta, camminò verso il suo divano e si sedette. Nel momento in cui la sua schiena toccò lo schienale, le sue parole si fecero spazio nella sua mente.

Hanno bisogno di una madre ...

Certamente, Miss Smith non era la prima persona a dirgli ciò. Gli era stato detto infinite volte. Da amici, tramite chiacchiere senza nome e da molte altre governanti passate. Un paio di loro avevano anche cercato di creare un accordo vantaggioso tra lui e le loro figlie. Egli era il povero vedovo di cui tutti provavano pena. Il giovane e ricco conte, che tutti volevano aiutare. La verità era che – e lui lo sapeva; non erano affetto interessati alla sua situazione o alle sue figlie, per la cronaca. Volevano solo approfittarsi di lui. Se glielo avesse lasciato fare, che fosse maledetto. Innanzitutto, egli non cercava una moglie. L'amore dava una sola possibilità di felicità e lui l'aveva già avuta, la sua Miranda. Ora lei era morta e non c'era bisogno di cercarne un'altra. Sarebbe stato uno spreco di tempo e non aveva alcun interesse nel dividere la sua casa, il suo cuore, con un'altra donna. Una moglie avrebbe voluto una famiglia. Egli non avrebbe perso un'altra meravigliosa anima a causa del parto. Stava meglio per conto suo e sicuramente, un giorno, avrebbe trovato qualcuno che venisse apprezzato dalle sue figlie. Forse, quando sarebbero cresciute, le loro maniere dispettose sarebbero sparite.

Come se le avesse convocate con i suoi pensieri, sentì dei passi leggeri e aprì gli occhi che aveva chiuso mentre pensava, per ammirare le sue piccole principesse. La causa della sua stanchezza. Avanzavano lentamente, come se fossero insicure e questo gli provocò un sorriso. Specialmente quando vide il senso di colpa nei loro occhi.

Non disse nulla mentre si avvicinavano e quando finalmente furono in piedi davanti a lui, le fissò come loro facevano con lui. La gara di sguardi continuò ancora per un po', poi, senza dire nulla, iniziarono ad arrampicarsi sulle sue gambe, facendogli quei grandi e tristi occhi blu che gli ricordavano la loro madre. Come avrebbe potuto essere arrabbiato con loro quando erano così adorabili? Dando loro attenzione, portò le sue braccia intorno a loro e le sollevò fino a farle sedere ognuna su una sua coscia.

Sky che era la più schietta della due ruppe l'incantesimo. "Miss Smith se n'è appena andata."

"Lo so", rispose lui.

"Siete arrabbiato?" seguì Rain.

"No. Ho esaurito la mia rabbia dopo che mandato via la quinta. Ora, sono solo stanco e triste che voi non vogliate ascoltare le mie suppliche. Avevate promesso che avreste smesso. Perché avete fatto tutte quelle marachelle a Miss Smith?"

"Non è molto simpatica. È troppo alta e pensierosa e ci dice sempre cosa fare," borbottò Rain.

Egli tirò un profondo sospiro. Lo dicevano di tutte "No. Miss Smith era una donna e governante piacevole. Inoltre ci si aspettava da lei che vi dicesse cosa fare. Era la vostra istitutrice, se vi ricordate. In nome di Dio, dove avete trovato una rana?"

"Walter ne ha catturata una per noi. Glielo abbiamo fatto fare." Sky sembrava come se fosse veramente pentita, ma lui la conosceva bene.

Walter, il suo giardiniere. Quell'uomo adorava le ragazze e non aveva potuto rifiutare. Charles le aveva viziate ma poi, supponeva che tutti in questa casa fossero colpevoli di un crimine. Aveva guidato lui la truppa.

"Volevamo solo spaventarla. Non volevamo farle del male, promesso," sua sorella disse in loro difesa.

"Pensavate che sarebbe stata una buona idea spaventarla in quel modo? Hmm?"

Le loro guance si strinsero e sapeva che stavano trattenendo un sorriso. Bene, bene, bene. Così tanto rimorso.

"Aveva fatto un sorriso divertito. Aveva gridato così forte. Come fa Sky quando vede una lucertola nei campi."

"Non urlo in quel modo. Voi lo fate."

"No. Voi!" Le loro voci si stavano già alzando e Charles sapeva che era solo questione di tempo prima che diventasse un vero e proprio litigio tra sorelle. Prima che potesse arrivare a quel punto, parlò.

"Ragazze. Non si tratta di chi urla. Si tratta di tutte le cose che avete fatto a Miss Smith. Dovreste essere pentite, e mi deludete. Avevate dato la vostra parola che vi sareste fermate. Comunque, non l'avete fatto. Devo credere che non ci si può fidare di voi due? Ricordate, una persona è tanto buona quanto le sue parole."

Questo le colpì e si calmarono istantaneamente. Poi, insieme, come se pianificato da qualche sorta di legame gemellare, dissero in coro, "Ci scusiamo, padre. Perdonateci." Poi fecero un adorabile broncio che tirò le corde del suo cuore. Chi aveva bisogno di una moglie quando aveva queste due? Erano la sua rovina. Sospirando, si rilassò sullo schienale del divano, stringendole a sé.

"So che pensate di non aver bisogno di una governante. Sono consapevole che non la volete. Sfortunatamente, ho paura che sia una richiesta che non posso concedervi. So poco di tutte le cose che dovete imparare e non ho il tempo di sorvegliarvi ogni ora del giorno. Posso solo supervisionare. Dovrò semplicemente assumere un'altra governante. Questa volta, dovrò puntare i piedi. Se metterete in scena altre buffonate, vi sculaccerò."

I loro occhi si spalancarono in allarme e scossero la testa per guardarlo. "Padre?" ripeterono di nuovo in coro.

"Sì. Vi sculaccerò. Non siete troppo piccole per prendervi una sculacciata sulle natiche. Visto che ritirare i privilegi non vi fa cambiare idea, devo punire il vostro comportamento scorretto in un altro modo."

I loro occhi minacciavano di uscire dalle orbite e Charles sorrise internamente. Naturalmente, non avrebbe mai alzato un dito sulle sue principesse. Tuttavia, questo poteva essere lo spavento di cui avevano bisogno per agire di conseguenza. Aveva sperato che non sarebbe arrivato a questo, ma ora, lo avevano lasciato senza altra scelta.

"Ma siamo veramente dispiaciute. Promettiamo di non farlo mai più. Per favore padre, non sculacciateci. Abbiamo sentito che è sgradevole." Sky sembrava stesse per piangere e Charles si chiedeva perché stava ottenendo così tanto divertimento da ciò. Rain era la prossima a perorare la sua causa.

"Manterremo una buona condotta. Questa volta, lo promettiamo per davvero, avete la nostra parola. Potete riportare Miss Smith, se preferite."

Le risate si accumularono nella sua pancia e si meravigliò di come riuscì a tenerle dentro, quando erano alla base della sua gola, in attesa di uscire.

Tenendo la sua voce il più ferma possibile e livellandole con uno sguardo severo, chiese. "Siete sicure?"

Le loro risposte arrivarono frettolosamente mentre dicevano in coro di nuovo. "Sì, padre!"

"In tal caso, ci ripenserò. Ora, andate. Riesco a vedere Nancy dalla porta. Deve essere qui per portarvi fuori a pranzo. Correte ora, mentre cerco di trovarvi una

nuova governante."

Si arrampicarono verso il basso, ma poco prima di scappare, gli diedero dei baci su ogni lato delle guance, poi se ne andarono.

Scambiò uno sguardo con Nancy e aspettò fino a quando non fossero uscite dalla sua vista prima di far cadere la facciata. Ridacchiò, lentamente, riccamente e un grande sorriso rimase sul suo volto mentre camminava verso la sua scrivania per redigere un altro annuncio. Forse, questa volta, avrebbe provato in altre città dell'East Midlands.

Capitolo 3

Loughborough, Inghilterra

Tre settimane. Erano passate tre settimane dal loro ritorno a Loughborough e suo padre non aveva ancora trovato una soluzione al loro problema. Sua madre stava iniziando a stancarsi, ma Jane non riusciva a fare lo stesso. Era probabile che questo fosse perché, in verità, non aveva bisogno della ricchezza di suo padre. Ne aveva più che abbastanza, solo che nessuno lo sapeva. Nessuno tranne l'avvocato della nonna e lei stessa. Nana aveva tenuto questo segreto per sé e lo aveva portato nella tomba. Un'altra ragione per cui amava quella donna, perché l'avrebbe sempre amata.

In ogni caso, Jane non mancava di sentimenti umani e volle aiutare i suoi genitori ad uscire da questa vergogna in cui si erano ritrovati. Temeva solo che, una volta che suo padre venisse a sapere della sua eredità segreta, avrebbe cercato di prendere tutto per sé e sperperarlo come aveva fatto con tutta la ricchezza che una volta era stata sua. Aveva un debole per gli investimenti e il commercio. Negli ultimi anni aveva segretamente costruito la sua ricchezza ed era riuscita a far crescere quello che Nana aveva lasciato per lei, di tre volte. Se solo suo padre l'ascoltasse e le permettesse di gestire i suoi affari come gli aveva chiesto, le cose cambierebbero sicuramente in meglio. Avrebbe protetto la loro ricchezza e si sarebbe assicurata che non toccassero il fondo. L'unico modo in cui poteva farlo senza rivelare il suo segreto era arrivato stamattina. A quanto pare, Noah Hathaway non aveva imparato nulla perché ancora non l'avrebbe ascoltata.

"Padre. I rendimenti di questo investimento sono la nostra ultima speranza di ripresa. Dovete lasciarmi fare buon uso di questo denaro. Vi assicuro, posso aiutarvi a recuperare tutto ciò che è stato perso e di più. Lo sapete. È per questo che Lord Wright e Lady Heathrow si sono fidati di me per i loro affari. Avete visto quello che ho fatto per loro. Permettetemi di fare lo stesso per voi."

"Sciocchezze. É stata solo la fortuna del principiante. Cosa sapete del mondo degli affari, cara bambina? Ditemi. Appartenete alla casa di un uomo. In carica degli affari della famiglia, non delle mie finanze. Per la questione, credo che sia arrivato il momento di accettare uno dei vostri molti pretendenti e sposarvi. Il vostro matrimonio potrebbe essere quello che ci serve per tirarci fuori da questa situazione."

Jane rimase impassibile. Ogni volta che suo padre si sentiva messo alle strette, sollevava sempre la questione del suo matrimonio. Ad un certo punto se ne dimenticava sempre, perché pensava che un giorno, presto, si sarebbe sposata. Se solo sapesse che lei non aveva tali intenzioni. Dopo quel tradimento da parte di Albert, non c'era possibilità che avrebbe osato mai più mettersi in gioco. Lei non era così coraggiosa, non con il suo cuore.

"Non può succedere ora, giusto? Visto che avete perso anche la mia dote. Quel che ne era rimasto, comunque. Avete bisogno di me. Io sono la vostra unica via d'uscita. Dovete solo fidarvi di me."

Lui aggrottò la fronte e la fissò come se potesse punirla in qualsiasi momento. Jane sapeva di aver oltrepassato il limite, ma qualcuno doveva dire ad alta voce la verità che tutti sapevano.

"Ora, guardate qui. Dovreste prestare attenzione al modo in cui mi parlate, signorina. Posso essere al verde, ma questo non vi autorizza a perdere il vostro rispetto nei miei confronti. Sono ancora vostro padre e vi chiedo di trattarmi con la dovuta riverenza."

Lei piegò leggermente la testa, in spregio. "Mi scuso per aver oltrepassato il limite, padre. Sono solo preoccupata per il nostro stato attuale."

"E da quando avete iniziato a preoccuparvi di queste banalità? No. Non è la vostra croce a portare. Tornerò a Londra e vedrò cosa posso ottenere con questi rendimenti. Allora forse, li venderò ad un valore maggiore e userò i profitti per saldare i debiti."

Le orecchie di Jane facevano male. Non aveva mai sentito un piano così ridicolo. Tuttavia, mantenne la sua tranquillità. Sospettava che tutto quello che suo padre sperava di fare a Londra fosse più gioco d'azzardo. Andava agli inferi del gioco, ovviamente, perché era stato bandito da ogni club per gentiluomini di Londra. Lì, avrebbe perso tutto per sfortuna o per i modi disonesti degli uomini che frequentavano quegli inferi.

In ogni caso, sarebbe tornato con niente e poi, sarebbero stati condannati.

Questo era il pensiero che condivise con sua madre al suo ritorno dal mercato, mentre facevano una passeggiata nei giardini.

"Madre, dovete parlare con lui per lasciarmelo fare. Forse, vi ascolterà. Siete consapevoli che mio padre non ha fortuna quando si tratta di gioco d'azzardo, o il più semplice sentore per la costruzione di ricchezza. Sono certa che se solo mi permettesse di occuparmi dei suoi affari finanziari, le cose cambierebbero. In caso contrario, non sarete mai in grado di permettervi tutte quelle belle cose costose che amate. Avete già iniziato a vendere alcuni dei vostri gioielli. Quanto tempo ci vorrà prima di dover vendere tutto? Allora, non sarete mai più in grado di rimettere piede a Londra o tenere la testa alta con orgoglio." Questa era stata una mossa intelligente, naturalmente. C'era poco altro che Amelia amava più dei suoi bei gioielli e abiti.

Amelia rilasciò un profondo sospiro e sembrò essere pensierosa. Poi, rispose. "Avete ragione, Jane. Tuttavia, conoscete vostro padre e il suo orgoglio. Credo che non mi presterebbe attenzione. Tuttavia, non c'è nulla di male nel tentare. Se avete tale fiducia in voi stesse, allora parlerò con lui."

Il sollievo la attraversò e rilasciò i respiri che stava trattenendo, distrattamente. Se sua madre fosse riuscita a parlare con suo padre, forse, avrebbero avuto una possibilità.

"Vi auguro buona fortuna, madre."

Dopo furono chiamate per la cena e non dissero alcuna parola mentre tornavano nella casa. Jane sapeva che sua madre avrebbe parlato con suo padre, ma solo per i suoi interessi. Lei non sapeva che una volta che Jane avesse ottenuto il controllo delle loro finanze, le sue spese sontuose sarebbero state le prossime da frenare, dopo le abitudini di gioco di suo padre.

Più tardi quella sera, mentre la luna brillava intensamente nel cielo, Jane pensò che fosse un buon momento per fare un giro nei campi. Aveva sempre apprezzato le cavalcate notturne quando aveva vissuto qui. Non c'era stata alcuna opportunità di cavalcare a Londra. Ora, non poteva fare a meno di cavalcare. Scivolò nei pantaloni che usava per equitazione. La nonna non aveva avuto problemi con l'indossare i pantaloni nella villa, ma sapeva che suo padre avrebbe avuto un infarto se l'avesse saputo. Così, indossò i suoi abiti di equitazione nella parte superiore e si legò i capelli color miele in una crocchia. Poi, uscì dalla sua camera. Mentre scendeva le scale, le voci dei suoi genitori catturarono la sua attenzione e si chiese se sua madre stesse finalmente avendo quella discussione con suo padre. Curiosa, decise di andare a origliare. Camminò il più tranquillamente possibile, seguendo le voci fino allo studio. Mentre allungava la mano, si fermò davanti alla porta e vi appoggiò l'orecchio.

Ora poteva sentirli chiaramente.

La voce di sua madre arrivò per prima. "Ascoltate la ragazza, Noah. Se insistete che sia stata solo la fortuna del principiante, forse questa fortuna è rimasta con lei? Che cosa abbiamo da perdere?"

"Non lascerò mai che una signora si occupi dei miei affari. È inaudito! Che tipo di uomo sarei?"

"Non meno del tipo di uomo che siete, visto che non potete provvedere alla vostra famiglia. Ora, viviamo nella casa che abbiamo come rifugio solo perché vostra madre si è rifiutata con veemenza di consegnarvela. Non abbiamo alcun controllo sul personale perché in verità, non sono al nostro servizio, ma al suo. Mi sento così sola qui, ho perso i miei amici. Ho iniziato a vendere i miei gioielli su vostra richiesta. Sarà fino a quando non venderò i vestiti che indosso, che vi renderete conto che devono essere prese delle decisioni? Date una possibilità alla ragazza, Noah. Sappiamo entrambi che il vostro piano è avventato e non porterebbe a nulla. Questo nel caso non perderete tutto al gioco."

Jane era davvero sorpresa che sua madre parlasse così a suo padre. Poi, suppose che per sua madre perdere le cose che considerava più preziose doveva essere stato sufficientemente devastante da averla portata ad avere pensieri introspettivi. Aspettava la risposta di suo padre mentre la pausa indugiava. Infine, lo sentì sospirare, poi disse.

"Ho un piano migliore. Prima del nostro ritorno a Londra, Lord Knight venne da me per chiedere la mano di Jane in matrimonio. Tuttavia, mi vergognavo di non avere alcuna dote da offrire, così rifiutai, mentendo che Jane stesse ancora guarendo dal tradimento di Brighton e non fosse ancora pronta per essere promessa a qualsiasi uomo. Mi accorgo che è stato un errore. Knight è ricco. Possiede numerosi beni, terre, proprietà, aziende; la sua ricchezza è enorme. È anche un uomo di orgoglio e onore, come me. Penso che potremmo convincerlo a sposare Jane, usando questo rendimento come sua dote.”

Gli occhi di Jane si allargarono a queste parole. Apparentemente, non stava bleffando quando aveva fatto riferimento al matrimonio all'inizio della giornata. Quindi era questo il suo piano fin dall'inizio?

“Ma come? Questo è appena sufficiente da usare come dote.”

“Funzionerà. Lo offriremo come pagamento anticipato finché il matrimonio non sarà sigillato. Dopo, saremo sinceri con lui, ma solo dopo che il matrimonio sarà stato consumato. Allora, rimarrà senza scelta. Come suoi suoceri, il nostro status sociale sicuramente rifletterà su di lui. Come ho detto prima, Knight è un uomo d'onore e di orgoglio. Per questo motivo, credo che troverà un modo per migliorare il nostro status. Egli possiede più che a sufficienza per soddisfare quattro generazioni a venire. Non avrebbe problemi a rimetterci in piedi.”

“Sembra che abbiate già pianificato tutto”. Quello, fu esattamente il pensiero di Jane. L'intero piano che le aveva detto, non era stato altro che uno stratagemma per prenderla alla sprovvista. Questa scoperta arrivò come una notizia, ma non fu una sorpresa. C'era molto poco che poteva fare contro un uomo che giocava. Lo avrebbe fatto con qualsiasi cosa, o in questo caso, chiunque. Lei era il prezzo in questa scommessa. Lei, per la ricchezza. Se avesse perso, allora sarebbe stato così. Purtroppo, non riusciva a sentirsi minimamente offesa da ciò.

"Sì. Ci ho messo un po' di tempo per pensarci. Questa è la nostra unica via d'uscita, Amelia. Vi ho messo io in questa situazione. Non importa quanto ci vorrà, mi assicurerò che usciremo da qui. Lasciate fare a me."

"Dimenticate una cosa. Come faremo a fare in modo che Jane sia d'accordo?" Bella domanda, pensò lei. Non aveva mai cercato di nascondere il fatto che non era ancora pronta per considerare il matrimonio. Solo non sapevano che ciò era permanente.

"Io sono suo padre. Lei farà come dico. Le abbiamo dato abbastanza tempo, Amelia. Sono passati tre anni. La mia pazienza si è esaurita, temo."

No... le sue tasche si erano esaurite. Decidendo che aveva sentito abbastanza, se ne andò e si incamminò vero le stalle. Aveva bisogno di cavalcare ora più che mai. Doveva schiarirsi le idee e decidere la prossima mossa. Suo padre aveva ragione. Era suo padre. Se avesse insistito sul suo matrimonio con Knight, lei non era nessuno per obiettare. Conosceva Knight. Non era affatto un uomo terribile. Bello da vedere, sorriso gentile, era piacevole. Lei semplicemente non aveva interesse, punto. Appena arrivata alle stalle, annuì a Mitch, lo stalliere che faceva la guardia. Era solo un ragazzo quando se n'era andata, ora stava diventando un uomo, aveva poco meno di vent'anni. Rendendosi conto che lei non era una minaccia, tornò al suo posto e lei entrò nelle stalle. Camminò direttamente verso il box di Giselle e lasciò uscire il Palomino. Poi, lo sellò abilmente, richiamando anni di pratica. Con una mossa veloce, lanciò una gamba e si tirò su. Quando fu in equilibrio sopra di lei, diede alla bella cavalla un calcio nello stomaco e la fece iniziare a correre. La residenza aveva una distesa e così, Giselle galoppò liberamente il suo godimento della corsa era evidente nel modo in cui volava nella brezza, divenne un tutt'uno con il vento.

La crocchia che Jane aveva preso tempo per fissare si allentò e i suoi capelli cominciarono a volare nel vento. La brezza scorreva sulla sua pelle, soffiando via le sue preoccupazioni, schiarendo la nebbia nella sua testa che aveva reso i pensieri ragionevoli irraggiungibili. In realtà, smise di pensare del tutto e lasciò che fosse Giselle a portarla. Si lasciò andare e apprezzò la corsa. Il modo in cui i muscoli di Giselle si muovevano sotto di lei, il modo in cui la terra si sentiva sotto gli zoccoli di Giselle ogni volta che atterravano. Presto, raggiunsero la fine della tenuta e girò indietro il cavallo.

Il viaggio di ritorno fu lento. Questa volta, fece camminare Giselle invece di correre e usò questo momento per setacciare i suoi pensieri. Molte altre cose le erano venute in mente. I grilli frinivano nel buio. I dolci canti dell'usignolo, il fruscio dell'erba e le lucciole che brillavano dappertutto. La notte era bellissima. Lo era sempre stata qui. Anche il giardino sembrava etereo mentre la luna si rifletteva sui suoi tanti colori, regalati dai numerosi fiori che sbocciavano.

Aveva bisogno di una via d'uscita. La prima cosa che le venne in mente fu scappare, ma sapeva di non poterlo fare. In verità, solo lei poteva aiutare i suoi genitori a uscire fuori da questo problema, ma avrebbe preferito non sacrificare la sua libertà nel processo. Questo le lasciò un'unica opzione, doveva prestare i soldi dei suoi genitori. Per farlo, doveva assicurarsi di avere una cospicua fonte di reddito, con cui rimanere. Ciò la lasciò con una sola opzione, doveva trovare un lavoro. Preferibilmente, in una famiglia rispettabile. Era abbastanza autosufficiente per sopravvivere da sola, o anche lavorare come domestica. Forse, c'era ancora qualche onore in questo. Ciò inoltre le avrebbe permesso anche di avere un riparo mentre lavorava. A parte questo, c'era poco anche che potesse fare. Era abile senza mestiere.

Così decise, avrebbe trovato un lavoro. Ora, doveva solo capire come fare.

Capitolo 4

"Cos'è questa storia? Siete la figlia di un visconte. Che lavoro potete fare?"

"Non insultate le mie capacità, Abigail. Posso cucinare quasi ogni pasto che esiste."

Abigail derise Jane, il suo dubbio era evidente. "Sono certa che potete. Tuttavia, non penso che sareste in grado di farcela. Credo che vostro padre non vi permetterebbe di abbassarvi a un tale livello."

"Non lo saprà. Potrà solo imparare dai miei sforzi quando me ne sarò andata lontano."

"Dove? Tutti qui conoscono gli Hathaway. Se riuscirete a garantirvi un'occupazione con una di queste famiglie, vi respingeranno non appena vostro padre inizierà la sua ricerca."

Jane lo aveva considerato, era per questo motivo che aveva deciso che doveva andare al di fuori di Loughborough. Non troppo lontano, preferibilmente in una città ancora da questa parte della contea.

"Semplicemente cercheremo posti di lavoro al di fuori di Leicester."

"E come intendete procedere?"

"I giornali. Durante la nostra ultima visita al mercato, mi sono imbattuta in alcuni giornali che avevano inserzioni per le proposte di lavoro. Uno sviluppo davvero ragionevole, se posso aggiungere. Questo è il motivo per cui sono andata ad acquistarne un carico oggi. Ora, ho bisogno del vostro aiuto per aiutarmi a sfogliarli tutti. Come potete vedere, sono un bel po' e mi ci vorrebbero giorni per riuscire in questa impresa." Fece un cenno ai giornali sparsi dappertutto sul suo letto e temette di aver esagerato nel suo acquisto.

"A quanto pare. Ahh... forse, dovreste pensarci ancora, Lady Jane."

Jane strinse gli occhi verso di lei. "Lasciate perdere le formalità, Abigail. Non vi si addicono. Suonano così terribilmente estranee nella vostra bocca. Avete intenzione di aiutarmi o devo cercare i servizi di qualcun altro? Avevo sperato che il detto: un amico nel bisogno è un amico nei fatti, si applicasse alla nostra amicizia. Certamente, non volete dirmi che mi sbagliavo." Improvvisamente tornò seria mentre offriva uno sguardo triste ad Abigail. In verità, poteva fidarsi solo Abigail per aiutarla in questa impresa. La sua più cara amica le diede un'occhiata e si mise a ridere.

Abigail si riprese abbastanza presto e scuotendo la testa, disse, "Non vi ho mai presa per una in grado di sfruttare i sentimenti. Vedo che mi sbagliavo. Andiamo, se speriamo di ottenere qualcosa prima che il sole tramonti, dobbiamo iniziare subito."

Jane si mise a sorridere come ricevette la risposta di Abigail, il sollievo e la felicità si riversarono su di lei. Al colmo della gioia la strinse in un abbraccio e assaporò il momento. Poco più tardi, si separarono e stabilirono il lavoro che dovevano fare. Insieme, iniziarono a setacciare le carte.

Era fiduciosa che qualcosa di buono sarebbe venuto fuori. Doveva per davvero, questa era la sua unica possibilità di portare avanti i suoi piani.

Circa tre ore più tardi e senza fortuna, cominciò a perdere la speranza. La schiena le faceva male e il suo stomaco brontolava per mancanza di cibo.

"Ancora niente?" chiese ad Abigail che stava già scuotendo la testa prima di rispondere.

"Assolutamente nulla. Ne sono rimasti solo pochi."

Jane sbuffò e le sue spalle crollarono. Sperava davvero di riuscire a trovare qualcosa, ma finora, tutto quello che avevano ottenuto erano posizioni in cui non poteva funzionare, o posti troppo lontani da Loughborough. Se non poteva ottenere un impiego in questo modo, allora sicuramente, avrebbe dovuto sposare Knight o dare tutta la sua fortuna a suo padre. In entrambi i casi, sarebbero tornati dove erano ora – a toccare il fondo, perché ci sarebbe voluto solo poco prima che suo padre e sua madre fossero riusciti a sperperare i fondi. Determinata a non arrendersi così in fretta, alzò la testa e si asciugò le sopracciglia che ora sentiva umide dal duro lavoro.

"C'è ancora speranza. Ho stimato che abbiamo ancora una decina di giornali da esaminare. Forse, troveremo proprio quello che stiamo cercando in uno di essi."

"Sì. Avete ragione. Ne prenderò cinque e voi, il resto."

Era deciso. Condivisero le pagine e continuarono a lavorare. Jane era alla sua terza quando Abigail improvvisamente gridò in segno di gioia.

"Ce l'ho! Ce l'ho! Oh santo cielo, ma Jane, questo sarebbe perfetto per voi, ed è solo a Southwell! Non troppo lontano da qui!"

Il cuore di Jane diede una galoppata selvaggia, sbattendo così forte contro le sue costole che si chiese se non si fosse ammaccato. Gli spiriti si sollevarono, si chinò in avanti e afferrò la pagina da Abigail. I suoi occhi volarono istantaneamente alla richiesta di lavoro e lesse:

L'istitutrice doveva governare due ragazze, dell'età di otto anni, nella casa di Lord Charles Wellington, conte di Southwell.

Salario - Trenta monete d'oro

Durata - Finché si è disposti.

Requisito - Una signora di oltre ventuno anni. Una donna nubile, rispettabile, che conosca il galateo della società. Deve essere in grado di parlare e scrivere

*almeno tre lingue oltre alla lingua comune. Abile con
almeno uno strumento. Una conoscenza generale del
cucito. Esperta in storia, studi geografici e matematici.
Gentile, eloquente, graziosa e paziente con i bambini.*

*Se rispettate questi requisiti e siete interessate,
inviate una lettera di candidatura alla residenza
Wellington, Southwell, con questa pagina del giornale.
Non vedo l'ora di sentirvi.*

Cordiali saluti,

Lord Wellington

Un enorme sorriso si fece spazio sul volto raggiante di
Jane come ebbe finito di leggere. Questo era più che
perfetto. Era come se il lavoro fosse stato fatto
appositamente per lei!

"Oh Abigail. Gracias! Sì, avete fatto un ottimo
lavoro, mon amie. Venite qui!" afferrò la sua amica per
la testa e le diede un bacio sonoro sulla sua fronte.
Abigail scoppiò a ridere e Jane si unì a lei, fino a quando
le due si ritrovarono a ridere di traboccante felicità.

"State già mettendo in mostra le vostre capacità
linguistiche, governante Jane?"

"Oh silenzio! Perché non dovrei? Sono perfetta per
questo lavoro, Abigail. Vi dico! Ora, mi sento grata per
tutte quelle noiose lezioni che sono stata costretta a
sopportare per mano della signorina Monroe. Chi
avrebbe mai pensato che ne avrei mai fatto un uso
pratico?"

Per fortuna, poteva parlare quattro lingue in modo eloquente, oltre all'inglese. C'era il francese, l'irlandese, lo spagnolo e l'italiano. Nana le parlava bene e aveva desiderato che lo facesse anche lei. A parte questo, suonava il pianoforte abbastanza bene, anche se lo aveva imparato da autodidatta. Storia, geografia e matematica? Facili! Oh, era sicuramente gentile e adorava i bambini piccoli. Non c'era assolutamente alcun dubbio nel suo cuore che sarebbe stata brava in questo lavoro. Ora, tutto ciò che rimaneva era scrivere la sua candidatura e pregare Dio che il conte l'avrebbe presa in considerazione.

"Abigail, portatemi carta e penna. Devo scrivere subito al conte."

Abigail fu in piedi in un istante. Frugò tra i cassetti e tornò con quello che Jane aveva richiesto. Mentre Jane riceveva gli oggetti, si alzò in piedi e camminò verso la sua sedia e lo scrittoio. Si sedette sulla sedia, mise la carta sullo scrittoio e immerse la penna nel calamaio a inchiostro che era rimasto lì, in attesa dell'uso. Poi cominciò a scrivere.

La mattina seguente, un messaggero stava già andando verso Southwell, per consegnare il messaggio di Jane. Sapeva che tutto ciò che rimaneva da fare era pregare e pregare. Mentre suo padre e sua madre continuavano a parlare a bassa voce intorno alla casa, pensando che fosse all'oscuro dei loro piani, lei guardava dall'altra parte e pregava.

Le sue preghiere vennero esaudite solo quattro giorni dopo, quando una lettera arrivò alla villa della nonna per lei. Velocemente, prima che arrivasse nelle mani di suo padre, prese la lettera dal maggiordomo e corse nelle sue stanze per avere maggiore riservatezza. Con la porta ben chiusa dietro di sé, aprì la lettera e lesse le parole scritte in risposta.

Cara signorina Hathaway,

Ho ricevuto la vostra lettera di candidatura, con tutte le vostre qualifiche e un po' di informazioni sulla vostra persona. Sono stato lieto di riceverla e di vedere che soddisfate e superate i miei requisiti.

In primo luogo, devo ringraziarvi per aver dedicato del tempo a rispondere al mio grido di aiuto, perché è di ciò che si tratta. Forse vorrete sapere che sono vedovo e che le mie figlie non hanno mai conosciuto la madre. Ulteriori informazioni sulle dinamiche della mia famiglia saranno divulgate al vostro arrivo.

Ho saputo che il viaggio da Loughborough a Southwell è di circa tre giorni. Per favore, prendetevi il vostro tempo per prepararvi. Nel frattempo, gradirò ricevere una corrispondenza da parte vostra in merito alla vostra accettazione o rifiuto dell'offerta. Per prima cosa, includete la vostra data prevista di arrivo, così incaricherò il mio personale di prepararsi per voi.

Cordiali saluti,

Lord Wellington.

Jane lesse la lettera un centinaio di volte, ogni volta imprimendo le parole con attenzione nel suo cuore. Per quale ragione, non riusciva a capire. Allora, quando seppe di aver imparato quelle parole a memoria, le mise da parte e cominciò i suoi programmi.

Prima di tutto, chiamò la sua cara amica, Abigail per informarla della grande notizia. Abigail fu più che entusiasta di ricevere la notizia. Insieme, progettarono la fuga di Jane dalla tenuta. Poi, scrisse una lettera al suo banchiere, chiedendo fondi che le furono discretamente consegnati. Dopo, i bagagli furono imballati e il trasporto, organizzato. Poi, scrisse un'altra lettera. Questa volta, al conte. In due giorni, tutto era pronto.

Quella notte, quando tutti dormivano, uscì dalla tenuta e salì su un cavallo da tiro che la portò a casa di Abigail. Rimase lì fino all'alba. Quando i primi raggi dell'alba cominciarono a sbirciare dietro le nuvole, disse addio alla sua migliore amica e ringraziò sua madre per l'ospitalità. La carrozza che aveva noleggiato la stava aspettando davanti alla casetta di Abigail. Per motivi di sicurezza, era vestita da uomo perché una donna avrebbe fatto bene a non viaggiare da sola. Non appena i suoi bagagli furono stati caricati sulla carrozza, si sistemò e il viaggio ebbe inizio.

Gli angoli delle sue labbra si alzarono mentre immaginava quali sarebbero state le espressioni dei suoi genitori quando avrebbero trovato la lettera che aveva lasciato per loro.

Cari padre e madre,

Perdonatemi, ma mi rifiuto di essere venduta all'asta al miglior offerente che cerca di possedermi come moglie. Ho scelto di forgiare la mia strada. Non preoccupatevi per me, sono al sicuro nelle mani del mio datore di lavoro, e di volta in volta, vi scriverò. Non disturbatevi a cercarmi. Presto ritornerò con la fortuna che cercate. Fino ad allora, cercate di non sprecare i pochi fondi che vi sono rimasti. Vi prego di accettarlo con buona volontà.

Con amore,

J.

Capitolo 5

Southwell, Inghilterra

Charles era orgoglioso di quanto velocemente la sua servitù fosse riuscita a preparare le stanze per l'arrivo della signorina Hathaway. Sarebbe arrivata da un momento all'altro, questo sapeva. Nell'ultima lettera che aveva ricevuto aveva dichiarato che stava passando la notte al Crusty Inn, appena fuori Southwell. Se le sue stime fossero state giuste e la signorina Hathaway avesse deciso di andarsene con le prime luci del giorno, ci sarebbero volute solo quattro ore circa per arrivare alla sua residenza. Sarebbe stata esausta dal viaggio, naturalmente. E anche affamata. La camera che sarebbe stata sua era già stata arieggiata, le lenzuola cambiate e l'acqua del bagno, pronta, in attesa solo del suo comando. Al suo arrivo, sarebbe stata nutrita e si sarebbe assicurato che fosse ben riposata, prima di avere discussioni con lei e presentarla a tutta la famiglia.

Era troppo impaziente che le cose andassero bene. Il cielo sapeva, che se avesse perso la signorina Hathaway, sarebbe arrivato al termine del suo ingegno. Ampliare la sua ricerca si era rivelato utile, perché nessuno aveva risposto da questa provincia. Certamente, le storie delle sue figlie non erano più notizie, e nessuno era disposto a governare le indisciplinate gemelle Wellington. Aveva ottenuto dieci candidature in totale, tutte da oltre Southwell. Miss Hathaway aveva attirato la sua attenzione. Forse, il motivo era che avendo soltanto ventidue anni, era la più giovane di tutte. Forse, qualcuno più giovane, che avesse ancora vividi ricordi della sua infanzia e che fosse ancora in contatto con il proprio bambino interiore, avrebbe legato maggiormente con le sue figlie. Forse, era il fatto che aveva soddisfatto tutti i suoi requisiti. Forse, era il fatto che un senso di curiosità su questa donna si era posato su di lui, mentre leggeva la sua lettera, la stampa della sua bella calligrafia. Qualcosa di Miss Hathaway fece presa su di lui e si trovò troppo impaziente di incontrare la donna e scoprire cosa fosse.

Si domandò come fosse. Perché una donna a ventidue anni era interessata a diventare una governante? Molte donne non avevano intrapreso quella via a meno che non si fossero rassegnate ad una vita da nubili. Molte belle donne, che erano piacevoli da guardare, indipendentemente dalle umili origini o meno, difficilmente dovevano abbandonarsi a quella vita. Per qualche ragione, non riusciva a pensare a Miss Hathaway in alcun modo fuorché bella. Quindi, qual era la sua storia? Era rovinata? Sperava di no, perché voleva una donna rispettabile che governasse le sue figlie. Crescerle in un modo che era composto e consono, conforme alle norme e agli standard sociali. Etichetta, adeguatezza, aveva cercato una governante che fosse un'incarnazione di entrambe. Aveva pregato, che questa signorina Hathaway, fosse quella giusta.

Tirò fuori l'orologio da tasca dal cappotto e gli diede un'occhiata. La lancetta corta sulle dodici, mentre quella lunga aveva appena lasciato la medesima posizione. Era già mezzogiorno passato. Perché ci stava mettendo così tanto? Lo mise via e fissò i registri sparsi sulla sua scrivania. Era facile vedere che non aveva compiuto molto durante tutta la mattina, tutti i suoi pensieri si concentravano su questa donna. Non l'aveva nemmeno incontrata e lo aveva colpito così. Cos'era questa follia?

Sospirando, trascinò la mano dalla testa alla mascella. Non c'era bisogno di nutrirsi di inganno rimanendo qui. Forse, avrebbe fatto un giro mentre il tempo passava. Al suo ritorno, era certo che i suoi nervi sarebbero stati in un posto migliore. E quando finalmente avesse incontrato Miss Hathaway, sperava che questo affetto si sarebbe calmato. Con quella decisione in mente, spinse la sedia via dalla scrivania e si alzò. Allora, cominciò a farsi strada verso le sue stanze per cambiarsi nei suoi abiti da equitazione. Ciò accadde quando sbatté contro due piccole fette di pane. Ecco perché aveva bisogno di una governante. Se la signorina Hathaway fosse rimasta abbastanza a lungo, sarebbe riuscita a farle smettere di correre per i corridoi in

questo modo.

Guardando in basso, vide di nuovo i loro grandi occhi azzurri. "Ciao Rain, ciao Sky." I loro nomi erano tutt'altro che pratici. Lo sapeva. Tuttavia, Marylyn aveva dato loro questi nomi mentre la sua forza vitale la lasciava. Rain, perché le era sempre piaciuto quando pioveva e Sky, come costante ricordo che sarebbe stata sempre con loro, a vegliare dall'alto. Dio, gli mancava! Fortunatamente, tranne che per i suoi occhi, le sue figlie erano la miscela perfetta di entrambi. Con gli anni, si era abituato a vedere un po' di lei, in loro. Non faceva più male quando le guardava. Non tanto quanto prima.

"Padre! C'è un uomo vicino alla porta. È così minuto. È appena arrivato e chiede di vedervi." Sky lo informò, la sua voce colpì i tetti.

"Tenete la voce bassa, Sky. Vi è stato detto chiaramente che non è cosa da donna alzare la voce."

"Le mie scuse, padre." Rispose, la sua voce si calmò, mentre proteggeva quegli occhi azzurri con le ciglia. Charles la conosceva bene. Avrebbe urlato con tutti i suoi polmoni in pochissimo tempo. Così, disse semplicemente

"Accettate. Dov'è Henry? È suo compito annunciare gli ospiti, non il vostro."

"Sta discutendo con l'uomo, signore. Siamo venute appena abbiamo sentito la sua richiesta di vedervi. Vedete, siamo state alla porta tutto il giorno, aspettando di vedere la nostra nuova governante. Avevate detto che sarebbe arrivata prima di mezzogiorno. Beh, Nancy ci ha detto che mezzogiorno è già passato."

"Sì. Certo. Credo che la signorina Hathaway sia stata trattenuta da un piccolo contrattempo. Se non la vediamo tra due ore, allora manderò delle persone al Crusty Inn per controllare. Ora, se voi due pensate di liberarvi dal mio cammino da un momento all'altro, sarò felice di andare a incontrare questo ospite."

Immediatamente si allontanarono e lui fece loro un sorriso encomiabile. Come si incamminò verso la porta, era consapevole dei passi morbidi dietro di lui. Ciò lo fece sorridere, evocando l'immagine dei loro piccoli piedi scalzi, che camminavano tranquillamente dietro di lui. Non poté fare a meno di chiedersi di Miss Hathaway. Le era successo qualcosa? Era l'unica ospite che si aspettava di incontrare oggi. Chi era quest'uomo alla porta? Perso nei suoi pensieri, si fermò troppo tardi quando girò un angolo e si trovò faccia a faccia con Henry.

"Mio Signore", salutò il vecchio, piegandosi in un inchino. Henry era stato con la sua famiglia per anni. Aveva servito Charles I da ragazzo, quando era solo un valletto. Poi, aveva servito Charles II da giovane, come maggiordomo. Ora, serviva Charles che era il terzo, ed egli non riusciva a ricordare un tempo in cui non aveva avuto il saggio consiglio di questo vecchio e caro amico. In parole povere, Henry era diventato di famiglia.

"Sì, Henry? Ho sentito che c'è un uomo che chiede della mia presenza vicino alla porta?"

Il maggiordomo lanciò uno sguardo d'intesa alle bambine che stavano sbirciando dietro il padre, e Charles sentì quando avanzarono rapidamente. Poi, il vecchio uomo fece lo stesso sorriso che Charles aveva avuto sulle labbra, solo pochi minuti prima.

Riportando rapidamente il suo sguardo al suo signore, rispose alla domanda che gli era stata posta. Come lo fece il sorriso svanì. "Sì, mio signore. Ahh. Vedete. È piuttosto una questione di divertimento. Forse, questa non è una parola adatta per la situazione, ma io la trovo così. Err... forse, fareste meglio a venire con me e vedere di persona. Permettetemi anche di aggiungere che potreste non volere le ragazze con voi."

A comando iniziò il piagnisteo. "Oh no, Henry. Lasciateci vedere!"

"L'abbiamo già fatto!" Entrambi gli uomini si voltarono a guardare le ragazze e Charles puntò la fronte contro Henry. Il vecchio uomo conosceva la situazione e sapeva se essere informate sarebbe stato un bene per le ragazze.

"Credo che non sarebbe un gran male, mio signore. Se le giovani signore vogliono incontrare il vostro ospite, forse, dovrebbero essere autorizzate. Lo faranno comunque, ad un certo punto. Potrebbe anche essere in questo momento."

Le sopracciglia si aggrottarono in segno di confuse. Di cosa parlava Henry? Ricordando che faceva aspettare qualcuno ogni momento in più in cui rimanevano lì, annuì. "Molto bene allora, con la vostra parola, sono libere di venire. Ora, non vorrei tenere il mio ospite ulteriormente in attesa."

Henry rimase dietro, le ragazze al suo fianco. Presto, fu alla porta e si incontrò con l'uomo di cui avevano parlato le sue figlie ed il maggiordomo. L'uomo era davvero minuto, e al momento, gli dava le spalle, le mani intrecciate dietro la schiena mentre sbatteva i piedi con impazienza. Lanciò uno sguardo interrogativo in direzione di Henry mentre si fermavano e il vecchio uomo scrollò a malapena le spalle. Non ricordava di conoscere alcun uomo di questa costituzione. Chi era questo sconosciuto? Bene, suppose che era il momento di scoprirlo.

Cercò il modo migliore per avvertire quest'uomo della loro presenza, e scelse un metodo che era vecchio come il giorno. Si schiarì la gola. Immediatamente, l'uomo si girò. Per prima cosa, gli occhi di Charles videro quelli dell'uomo. I suoi occhi erano di color grigio chiaro, e davano l'illusione di essere traslucidi. In seguito, apprese la sua fisionomia. Come lo fece, la sensazione che qualcosa fosse sbagliato cominciò a rosicchiarlo. I tratti di quest'uomo erano opposti a quelli di un uomo. A partire dal mento definito, passando alla mascella limata, i suoi erano l'opposto. Sembravano morbidi, aggraziati, come quelli di una donna. La sua pelle appariva come se si fosse fatta un bagno di fiori e olio di rosa. Il cielo sapeva che anche lui aveva un odore simile. Buffo che se ne accorgesse, quando stava lontano. Le sue ciglia erano così evidentemente lunghe, le labbra troppo piccole e rosa.

Charles concluse all'istante che non avrebbe mentito se avesse chiamato quest'uomo, bello. Guardò di nuovo Henry, prima di girarsi per guardare l'uomo.

Fu allora che Henry si fece avanti, ma mantenne chiara la visione dell'ospite del suo padrone. Poi il maggiordomo fece un annuncio che fece uscire gli occhi gonfi di Charles fuori dalle orbite.

"Mio Signore, vi presento, Miss Hathaway."

Miss Hathaway? Aveva sentito male? Miss Hathaway era un uomo? Che stregoneria era questa? Aveva specificamente richiesto una signora. Che cosa aveva sperato di raggiungere quest'uomo mentendo sul suo sesso? Era così disperato per un lavoro? Come aveva calcolato sarebbe andato questo incontro? Charles non era uno che si arrabbiava facilmente. Anche ora, sentiva solo una lieve irritazione. Per il bene delle ragazze, mantenne la sua calma mentre parlava.

"Miss Hathaway? Come fate ad esserne certo, Henry?"

"Anch'io ero confuso al momento del suo arrivo. Tuttavia, ha presentato la prova della vostra corrispondenza." Henry presentò una lettera e Charles immediatamente riconobbe il suo sigillo, e la lettera come quella che aveva inviato a Miss Hathaway. Era stato preso in giro!

Si rigirò per guardare l'uomo, ancora una volta. "Giovane. Non so che cosa sperate di ottenere da questo inganno, ma dovete sapere che avevo chiarito nella mia ricerca, che avevo bisogno di una signora per governare le mie ragazze. Se semplicemente tornaste per la vostra strada, dimenticherei la questione e non

infliggerei la giusta punizione per questo atto assurdo."
Un'ondata di delusione minacciò di sopraffarlo, ma la
mise da parte. Era stato troppo impaziente di incontrare
la signorina Hathaway. Pensava che questa fosse la sua
punizione per aver contato i pulcini prima che
nascessero.

Tuttavia, sembrò che fosse nella condizione per
ricevere altre sorprese, in quel momento miss Hathaway
tolse il cappello e liberò la fascia che teneva i suoi
capelli in una crocchia. Stupito, le mascelle di Charles
quasi caddero mentre guardava i lunghi e abbondanti
lucchetti del miele cadere a pezzi, fino a riposare sulla
vita di questo presunto uomo. Poi, parlò e lui capì perché
Henry si era riferito a lei come ad una donna, perché
aveva pensato così di lei, egli stesso.

"Vi assicuro, Lord Wellington. Sono una signora.
Speravo che ci saremmo incontrati in circostanze
migliori, ma Sir Henry ha insistito per mostrarmi a voi,
prima di essere ammessa in questa casa. Sono Miss Jane
Hathaway. Tuttavia, sono ben consapevole dei pericoli
che potrebbero accadere ad una donna che viaggia a così
lunga distanza senza un compagno. Per questa motivo,
ho pensato che sarebbe stato ragionevole travestirmi da
uomo. Avevo spiegato tutto questo a Sir Henry."

La sua voce suonava setosa e abbondante, come i suoi
capelli, e Charles ebbe bisogno di un grande sforzo per
concentrarsi sulle parole che diceva, piuttosto che su
come suonavano. Guardò il suo maggiordomo che aveva
un sorriso malizioso sul viso e si rese conto che era stato

ingannato da nientemeno che il suo maggiordomo. Diede a Henry uno sguardo che intendeva "più tardi", e restituì il suo sguardo a Miss Hathaway.

Questa volta, si focalizzò sul suo abbigliamento. Indossava i tipici vestiti da viaggio maschili. Pantaloni che non erano così fantasiosi. Un cappotto che sembrava indossato correttamente e ancora, la sua forma perfetta. La sua camicia sembrava di un marrone polveroso e la cravatta che aveva legato abilmente intorno al collo, non sembrava diversa. Aveva la sensazione che questo abbigliamento non fosse stato fatto semplicemente, per questo viaggio. Questo significava solo che la signorina Hathaway aveva l'abitudine di vestirsi da uomo. Si chiedeva se rientrasse nelle regole della correttezza.

"Quando volete, Vostra Grazia." Fu detto così dolcemente, così pudicamente, anche con gli occhi abbassati e la testa leggermente piegata. Eppure, egli non perse la nota di rimprovero nella sua voce. Aveva innescato qualcosa in lui e diventò subito divertito.

"Perdonate le mie maniere, Miss Hathaway. Presumo che siate stanca per il lungo viaggio. Per favore, permettete a Henry di condurvi nelle vostre stanze. I domestici si alzeranno in men che non si dica con l'acqua del bagno. Alla vostra discesa, il pranzo sarà servito, pronto e vi aspetterà. Una volta riposata, ne parleremo."

Si piegò in un inchino allora, e sembrò così imbarazzante, guardare una donna in abiti maschili fare l'inchino. Temeva che questa fosse un'immagine che non sarebbe mai riuscito a togliersi dalla testa.

"Siete troppo gentile, mio signore. Vi ringrazio." Egli annuì, significando il suo congedo. Quando si girò per tornare nel suo studio, sentì uno strattone sui pantaloni. Aveva dimenticato le ragazze. Le raggiunse e le spinse in avanti, in modo che potessero stare davanti a lui. Guardò la signorina Hathaway mentre abbassava gli occhi, per vedere la sua prima reazione. Smascherata, nuda, gli piaceva vedere questa reazione durante il primo incontro. In questo momento, nessuno poteva mascherare le sue reazioni così velocemente, non importa quanto fossero bravi attori. Un misto di sollievo, impressione e letizia lo travolse mentre vide i suoi occhi accendersi, mentre le sue guance si allargarono in un sorriso che non sembrava minimamente pretenzioso.

"Sky e Rain, suppongo. Nessuno mi aveva mai detto che sareste state così identiche, ma lo avevo messo in conto."

Charles si chiedeva se questo fosse un altro sottile rimprovero, poi si chiese se interrogarsi sull'intento dietro alle sue parole sarebbe diventato consuetudine in questa famiglia. Stava rapidamente cominciando a rendersi conto che Miss Hathaway era una che lo avrebbe tenuto in riga. Non aveva mai avuto nessuna donna a farlo. Nemmeno Marilyn. Marilyn era stata dolce, morbida, gentile e obbediente. Aveva la sensazione che Miss Hathaway fosse tutte quelle cose, ma in un modo completamente diverso.

Da quando aveva iniziato a paragonare le sue governanti al ricordo della sua defunta moglie? Si rimproverò di aver agito da sciocco e tornò al momento che stava vivendo.

"Non siamo così identiche. Rain ha i capelli biondi. Papà dice che sono proprio come quelli di mamma. Io ho i capelli neri. Come quelli di papà. È il colore del cielo nella notte."

"E voi potete chiamarci Rain and Sky, visto che io sono più grande." Rain rispose con un tono regale che le era peculiare. Dove lei era più calma, più riservata, Sky era forte e trasportata dalle emozioni. Questo fu dimostrato nel momento successivo in cui Sky pianse in risposta.

"Solo di pochi minuti", disse il padre.

Rain alzò le spalle. Poi impertinente, disse, "Importa poco. Ho visto il mondo prima di voi. Voi siete la mia sorellina."

Charles era troppo impegnato a guardarle, ma fu distratto dal suono di una dolce risata. Alzò lo sguardo per vedere Miss Hathaway inchiodata sulle ragazze, con una risata sul volto. Sembrò aver sentito il suo sguardo su di lei allora guardò in alto e i loro occhi si sono incontrarono... e trattennero. Charles quasi dimenticò come respirare, ma non lo fece. Lentamente, prese una boccata d'aria, e lentamente, la fece uscire.

"Ragazze, comportatevi bene. Non volete dare alla

vostra nuova governante la prima impressione sbagliata discutendo in questo modo, vero?" I suoi occhi rimasero su di lei come fecero quelli di lei, distogliere lo sguardo sembrava un'impresa impossibile da realizzare. Per fortuna, rimase inalterata, e lo liberò dal blocco guardando lontano per prima. La sua attenzione era di nuovo sulle sue figlie.

"Vostro padre ha ragione. Voi due, siete sorelle, del miglior tipo. Condividete un legame che non dovrebbe essere sminuito da tali terribili discussioni per quanto riguarda alcuni minuti che non dovrebbero influenzare come vi sentite l'una nei confronti dell'altra."

Charles trattenne il respiro mentre aspettava la reazione di sua figlia. Anche se la signorina Hathaway aveva parlato così affettuosamente, sapeva quanto le sue figlie non amassero le istruzioni. Quell'aria si liberò quando si guardarono e sorrisero, poi, verso Miss Hathaway...

"Sarete davvero la nostra governante?" Era Sky.

Annuì. "Se vostro padre vuole ancora tenermi, e se mi vorrete."

"Perché siete vestita da uomo? Tutte le nostre governanti hanno sempre indossato abiti", continuò Rain.

"Come anch'io, ve lo assicuro. Ho indossato questi solo per comodità durante il viaggio."

Le ragazze annuirono. "Avete dei bei capelli lunghi. Ci lascerete giocare con loro?" chiese ancora Rain.

Charles fece una smorfia ricordando gli ammonimenti di Miss Smith. Avrebbe certamente dovuto parlare nuovamente con le ragazze per ricordare il loro accordo.

"Certamente. Ne sarei felice."

"Giocherai con i nostri? Nancy lo fa." Di nuovo Sky.

"Certo, se lo desiderate."

Le due ragazze condivisero un altro sguardo e annuirono. Poi, rivolto a lei dissero in coro.

"Allora, potete essere la nostra governante."

Quando pensò che avrebbe riso di questo, si piegò in un inchino molto superficiale da cui si alzò rapidamente.

"Ne sarei onorata, Lady Sky e Lady Rain."

Le ragazze allora cedettero alle risate e Charles sperava che il peggio fosse passato. Questa era la prima volta che avevano mostrato cortesia ad una governante dopo la sua presentazione. Si chiedeva se fosse per paura di essere sculacciate, o se la signorina Hathaway le avesse colpite, come aveva fatto con lui. Qualunque cosa fosse, sperava solo che questa volta restassero civili e che abbandonassero le loro buffonate per sempre. Più di quello, potrebbe dire che Miss Hathaway era genuinamente una persona gentile e se le sue figlie le avessero dato una possibilità, sarebbe andata molto d'accordo con loro.

"Bene. Credo sia ora che la signorina Hathaway si sistemi e si riposi. L'abbiamo tenuta in piedi troppo a lungo. Forza, ragazze." Lui la guardò, e lei gli mandò uno sguardo di gratitudine. Egli annuì in riconoscimento, poi a Henry.

"Henry, accompagnate la signora nella sua stanza?"

Henry annuì e poco dopo, stava portando la signorina Hathaway nella sua camera, con le sue due scatole in ogni mano.

Non appena fu fuori dalla portata uditiva, affrontò le sue figlie. Dovevano essere diventate lettrici della mente da un giorno all'altro, perché lo fermarono prima che potesse parlare.

"Non vogliamo essere sculacciate. Saremo civili e gentili con Miss Hathaway. Abbiamo dato la nostra parola."

"E voi, Rain?"

"È bella e sembra simpatica. Credo che col tempo farà presa su di noi. Per voi, padre, ci comporteremo al meglio."

"Allora è deciso. Permettetemi di aggiungere quanto sono orgoglioso di voi in questo momento. Crescerete in meravigliose signore, tesori. Di questo, sono certo."

"Grazie, padre."

Sperando che avrebbero mantenuto le loro promesse questa volta, le condusse da Nancy. Allora, ritornò nella sua camera, con ancora più bisogno di quella cavalcata. Vedendo la signorina Hathaway aveva appena risposto alle domande che lo affliggevano. Infatti, soddisfacendo la sua curiosità, aveva sollevato solo altre domande e sarebbe stato dannato, se non avesse voluto delle risposte.

Capitolo 6

Jane era in piedi davanti allo specchio mentre asciugava la sua pelle. Questo bagno era stato il primo vero bagno che aveva fatto in tre giorni da quando aveva iniziato il suo viaggio verso Southwell. Naturalmente, le locande in cui aveva soggiornato erano state sufficientemente rispettabili e le avevano offerto un bagno caldo, ma lei non l'aveva fatto con così tanta calma nel suo cuore. Era stata piena di apprensione fino al suo arrivo alla dimora di Wellington. Non riusciva a credere che ce l'avesse fatta. Era qui, nella residenza, aveva incontrato il suo datore di lavoro e le sue figlie. Un sorriso cominciò a formarsi sul suo volto mentre la felicità bolliva dentro di lei. Ce l'aveva fatta, davvero.

Molte volte, durante il viaggio, era stata sopraffatta dalla paura per la sua vita. Paura che sarebbe stata avvicinata sulla strada e che la sua identità sarebbe stata scoperta. Molte volte, si era chiesta se non fosse stata una sciocca ad intraprendere un tale viaggio. Si era ritrovata a guardarsi le spalle troppo spesso e le notti in quelle stanze della locanda, non era riuscita a dormire bene. Aveva perso il conto delle volte in cui il pensiero di tornare indietro aveva attraversato tremolante la sua mente. Ma non era un'opzione, lo sapeva, così da lì in avanti, aveva arrancato. Per pura grinta e determinazione, era andata avanti contro ogni aspettativa e ora era qui. Jane aveva sempre saputo di avere una forte volontà, aveva poca pazienza per le sciocchezze e questo lo aveva dimostrato. Completò il suo compito di asciugatura e andò verso la sua scatola. Era stata esitante a disfare le valigie, prima di avere avuto una discussione con il signore della dimora.

Premette il bottone che serviva da chiave alla scatola che portava i suoi abiti da cerimonia e con un pop, si aprì. Prese i vestiti che erano all'interno. Era venuta con i vestiti più semplici che aveva, consapevole che non le avrebbe fatto bene sfilare con i suoi abiti alla moda in giro per casa. Lord Wellington non sapeva del suo status e lei voleva che rimanesse così. Lentamente, iniziò a rovistare tra i vestiti, chiedendosi quale vestito avrebbe indossato per la sua prima apparizione come una vera signora. Aveva visto lo sguardo di orrore negli occhi del Signore mentre la considerava un uomo, poi lo sguardo della riserva mentre scopriva il suo vero sesso.

Questa non era stata la migliore circostanza in cui incontrare il proprio datore di lavoro, questo lo sapeva. Tuttavia, era stata incapace di risolvere la questione. Aveva pensato contro ogni ragionevolezza di lasciare la locanda Crusty come una donna, e aveva evitato di cambiarsi nella carrozza in modo che non avrebbe causato un trambusto con il suo cavaliere quando si erano fermati a cercare indicazioni dagli abitanti del villaggio. Allora, aveva sperato che le fosse concesso il tempo di cambiarsi prima di essere presentata al suo datore di lavoro, nondimeno Gaius aveva rifiutato. Naturalmente, capì completamente l'uomo anziano per il quale aveva velocemente sviluppato una predilezione, come vide la saggezza nei suoi occhi marroni e la malizia in un angolo delle sue labbra.

Alla fine si era accontentata di un vestito grigio. Anche se, era più scuro del colore dei suoi occhi, sua madre spesso diceva che era eccezionalmente bella ogni volta che lo indossava. Non che volesse apparire bella al signore e alle sue figlie, ma voleva migliorare la loro impressione di lei. La sua impressione di loro? Beh, ci voleva del tempo per costruirla perché spesso si asteneva da saltare a conclusioni affrettate su una persona. Anche se, quello che poteva ammettere di aver imparato dal piccolo incontro poco più di un'ora fa, era che il Signore era gentile e assecondava le ragazze.

Oh, le ragazze erano una delizia. Poteva già dirlo. Schiette e belle. Era certa che avrebbero fatto valere la pena il suo soggiorno. Con trenta monete d'oro come salario, avrebbe avuto solo bisogno di lavorare per circa un anno, prima di tornare a casa. Infatti, trenta monete d'oro sembravano un po' troppo per il posto di governante, ma, era evidente che il signore non mancava di ricchezza. La dimora era ancora più grande di quella di Nana. Era squisita nella bellezza architettonica e nel design dei mobili. Si chiese se fosse stata tramandata in questo modo per secoli, o se la defunta moglie del conte fosse stata lasciata libera di progettare la casa secondo il suo gusto.

Presto, era nel suo abito e pronta a presentarsi di nuovo. Aveva lasciato i capelli scorrere lungo la schiena, tenuti in posizione da una fascia. Miss Monroe aveva sempre avuto i capelli in un nodo stretto alla base della nuca. Jane lo aveva sempre considerato terribilmente noioso e terribilmente pudico. Avrebbe lasciato volare i suoi capelli come aveva sempre preferito, e se sua signoria avesse chiesto che non lo facesse, solo allora avrebbe tenuto le sue ciocche addomesticate.

Sua signoria. Era davvero un brav'uomo. Piacevole da guardare e con bei lineamenti. Nana avrebbe detto che è troppo bello per un uomo. Un uomo dovrebbe sembrare un uomo. Difficilmente, ma lei non era d'accordo. Nessuno avrebbe mai contestato che il Signore fosse davvero un uomo. Aveva l'altezza, era così alto che era sicura che se fosse stata vicina a lui, avrebbe torreggiato sopra il suo esile corpo. Le sue spalle erano larghe, come se fossero state fatte per offrire conforto, per sfilare con le sue belle figlie sopra. Aveva i capelli neri ed era rasato. Non era terribilmente insolito per gli uomini di quel rango, e gli si addiceva. Le sue mascelle erano definite e camminava con un'aria di autorità. L'aveva sempre trovato attraente negli uomini. Non c'era da meravigliarsi se era stata beccata a fissarlo una volta di troppo. O forse, erano semplicemente quegli occhi. Un verde vivo, le ricordava le foglie in primavera. Aveva notato che le ragazze avevano occhi azzurri identici, era facile concludere che li avevano ottenuti dalla loro defunta madre.

Si chiedeva della defunta contessa. Nella lettera che aveva ricevuto, sua signoria aveva dichiarato che le ragazze non avevano mai conosciuto una madre. Sicuramente, questo poteva solo significare che l'avevano persa nel modo più terribile. Parto. Un nodo si contorse nel petto e un dolore si insediò. Il suo cuore andò al conte. Era così terribilmente giovane, e sapeva che non avrebbe potuto essere stato sposato per tanto tempo. Dopo tanti anni, era evidente che non aveva preso un'altra moglie. Il romanticismo in lei l'aveva portata a considerare l'idea che forse, il conte aveva amato sua moglie a un tale prezzo che non poteva sopportare il pensiero di condividere la sua vita con un'altra donna. Con una tale ricchezza e bei lineamenti, era l'unica spiegazione che le veniva in mente.

Basta, si disse. Non era nella posizione di contemplare gli affari personali di sua signoria. Era qui per le ragazze e avrebbe fatto del suo meglio per renderle la sua preoccupazione principale. Aveva solo bisogno che sua signoria fosse gentile e giusto. Dal rapporto che aveva percepito tra lui e il maggiordomo, credeva che fosse esattamente così.

Finalmente lasciò le stanze e si diresse giù per le scale. Mentre raggiungeva il fondo, si fermò, chiedendosi dove andare. La casa era terribilmente grande ed era ovvio che avrebbe avuto bisogno di una guida per almeno un paio di giorni fino a quando non sarebbe riuscita a muoversi da sola. Decise di tornare indietro dalla via per cui era venuta, prima. Se Gaius fosse ritornato alla sua posizione, forse, gli sarebbe corsa incontro. Proprio mentre alzò la gonna per andare, il conte entrò dall'altra parte. Gli diede un'occhiata e si accorse che era uscito a cavallo. Ricordandosi velocemente, si piegò un inchino.

“Mio signore, temo di essermi persa. È una casa così grande.” Rimase nella sua posizione mentre aspettava che lui la liberasse. La sua testa era piegata in modo da non poter vedere che cosa stava richiedendo così tanto tempo. Ahimé parlò.

“Vi prego, alzatevi, signorina Hathaway. Non dovete scusarvi per questo. Vi assegnerò un membro del personale per mostrarvi la casa, quando vi conviene. Capisco che ci vorrà un po' per conoscere l'ambiente circostante. Vi imploro di non farlo in alcun modo, se sentite che vi state affrettando. Prendetevi il vostro tempo.”

Felice per il sollievo, si alzò e tenne la testa leggermente abbassata mentre rispondeva. “Siete gentile, vostra Grazia. Vi sarei grata per l'aiuto.”

“Allora, lo avrete. E oh, Miss Hathaway, sentitevi libera di guardarmi negli occhi come avete fatto al vostro arrivo. Preferisco così. Avete una posizione rispettabile in questa casa. Vorrei che non mi riveriate come un Dio, perché io sono umano come voi.”

Jane aveva indietreggiato mentre rimembrava l'incidente precedente, credendo che Sua Signoria non fosse stato contento. Ora, con lieve sorpresa, osò alzare la testa e guardarlo, come aveva chiesto. I suoi occhi chiari incontrarono quelli verdi e successe di nuovo. Il suo cuore si agitò, il suo stomaco si capovolse e si rese conto che non era stato soltanto un colpo di fulmine come lo aveva ritenuto in precedenza. Immediatamente, distolse lo sguardo.

"Farò in modo di tenerlo a mente, signore. Tuttavia, temo che mi ci vorrà ancora un po' di tempo perché non sono abituata ad essere così audace nei confronti dei miei superiori."

Vide la sua fronte corrucciarsi e le sue labbra curvarsi leggermente in segno di divertimento. "È così? Mi avete ingannato, Miss Hathaway. Beh, immagino che vedremo."

Non disse nulla, consapevole a ciò a cui si riferiva. Egli doveva averlo captato nel suo tono prima, quando aveva suggerito che stava sottovalutando la sua presenza. Ahimè, il conte era più saggio di quanto lei avesse immaginato. Avrebbe dovuto fare molta attenzione ai rapporti con lui.

"Manderò subito a chiamare Henry. Non c'è persona migliore per farvi fare un giro. Nel frattempo, penso che sarebbe utile imparare che la sala da pranzo è per di là. Il pranzo sarà servito presto. Spero non vi dispiaccia se io e le ragazze ci uniremo a voi?"

I suoi occhi si allargarono a ciò. Non sapeva molte di queste cose, ma era certa che i signori e le signore non cenavano mai con i loro dipendenti. Doveva aver letto la meraviglia nei suoi occhi perché aggiunse rapidamente...

"Consideratelo un vero benvenuto, signorina Hathaway. Credo che ci darebbe l'opportunità di conoscerci meglio e anche, di riscaldarci con le ragazze. Beh, suppongo che sia tutto. Mi piacerebbe andare a lavare il sudore dalla mia pelle e sono certo che anche voi vorreste andare. In tal caso, mi incamminerò."

Jane si immerse in un inchino superficiale questa volta e si alzò, non aspettando il suo comando. Aveva detto che non voleva essere venerato come un dio, così lei gli avrebbe accordato sufficiente rispetto. Nessuna stravaganza.

"Aspetterò la vostra presenza e quella delle ragazze."

Con un cenno, si incamminò verso le scale. Ipotizzando rapidamente l'ovvio, Jane concluse che la via da cui era venuto doveva essere la stalla. Gli ci voleva un po' per tornare a pranzo e lei non avrebbe iniziato senza di lui. Supponeva, che avrebbe potuto permettersi una visita alle stalle in quel tempo. Quindi, raccogliendo la gonna, si diresse in quella direzione. Tuttavia, proprio mentre stava per fare il suo terzo passo, sua signoria si fermò a metà delle scale e si voltò leggermente. Le sue parole successive la fermarono e lei si bloccò.

"Signorina Hathaway, un vestito vi rende certamente più giustizia."

Un po' di movimento? Non era niente in confronto alla forza che minacciava di privarla dell'aria nei suoi polmoni, mentre il suo cuore sbatteva contro le sue costole. Bontà! Sua Signoria le aveva appena fatto un complimento, con un sorriso nella voce, senza dubbio! Si girò in modo da essere di fronte a lui e armeggiò con le parole giuste da dire. Aspettò pazientemente e finalmente disse:

"Grazie, mio signore. Mi asterrò dai pantaloni e dai cappotti."

Non disse nulla, annuì e continuò per la sua strada, una melodia sulle labbra.

Santo Cielo! Pensò fra sé e sé mentre portava le mani al petto. Non poteva essere, vero? Dopo tanto tempo, un uomo non poteva assolutamente farla reagire in questo modo. Soprattutto non quest'uomo che era sbagliato per lei, in più di un senso. No, certamente non poteva essere. Lei stava solo soffrendo la difficoltà del viaggio. Sì. Deve essere così! Con questi pensieri consolanti, si allontanò.

Capitolo 7

Charles la guardava mangiare, osservando le sue buone maniere a tavola. Erano perfette e mentre spiava le sue figlie loro facevano lo stesso, ciò confermò ulteriormente che aveva fatto la scelta giusta. Avrebbe voluto sostenere che questa ragione, e ciò che le aveva dato prima, erano il motivo per cui l'aveva invitata a cenare con loro, ma non avrebbe fatto a se stesso il disonore di mentire. Infatti, egli cenava con le sue governanti, solo per i primi giorni e veramente per le ragioni che aveva offerto. Con la signorina Hathaway, era semplicemente perché aveva voluto trascorrere più tempo in sua presenza. Lo avrebbe dovuto alle domande che ancora aveva su di lei, come il motivo per cui sentiva il bisogno di fare queste cose. Perché l'aveva tirato dentro, perché vederla in quel bel vestito l'aveva reso incapace di parlare e perché quando lei aveva promesso di non indossare pantaloni e cappotti, lui avrebbe voluto dirle di indossarli solo per lui, quando solo lui poteva vedere. Veramente, questa era follia. Non c'era altra parola per descriverla. Sperava solo che ci fosse una cura.

"Henry ha detto di avervi trovata nelle stalle", iniziò rompendo il silenzio.

Non disse nulla mentre masticava con cura un po' di cibo in bocca, lo ingoiava e si tamponava le labbra con il tovagliolo.

"Sì. Quando vi ho visto tornare da quella direzione con indosso i vestiti da equitazione, pensavo foste appena tornato dalle stalle. Si dà il caso che abbia una passione per i cavalli, e dato che avevo un po' di tempo libero, ho pensato che avrei potuto vagabondare un po'."

Quindi, amava i cavalli. Si chiedeva se sapesse cavalcare. Poi, pensò. Una donna che indossava calzoni e amava i cavalli, vedere un determinato quadro era abbastanza facile.

"Spero che le abbiate trovate di vostro gradimento. Le ho fatte ricostruire qualche anno fa. Alcuni dei cavalli sono lì da prima che nascessi. Altri, li acquisiti quando ho ottenuto la mia eredità. È uno dei miei posti preferiti nella tenuta."

"È stato fatto un buon lavoro, lo devo ammettere. I cavalli sembravano sani e forti."

"Avete deciso quale vi piace?" Sky si infilò, togliendogli le parole di bocca. Stava giusto per chiedere se ne avesse trovato qualcuno che l'avesse chiamata.

"Non ho ancora deciso. Tuttavia, c'era una cavalla che aveva il manto marrone. Mi ha fatto uno sguardo amorevole. Anche se, devo ancora testare il suo temperamento."

Hmm. Una cavalla con pelliccia marrone. C'erano circa sei di loro. Pensò di doverla portare alle stalle e farle indicare quale fosse.

"Ci sono circa sei di loro con tale manto. Qual era?" Sky chiese di nuovo. Miss Hathaway guardò la ragazza con un sorriso sul suo volto.

"Quella con le macchie bianche. Mi ha ricordato il mio Palomino, che ho a casa."

Ora, era davvero incuriosito. I Palomino erano di solito di proprietà di persone di status, titolo. Non era una scelta di cavallo comune per un popolano, tranne se il popolano avesse avuto una ricchezza tale da permettersi un lusso simile. La signorina Hathaway aveva dovuto essere una di loro. Se lo fosse stata, lo riportò ad una delle sue domande. Cosa ci faceva qui, a lavorare come governante e così lontano da casa sua? Forse, avrebbe fatto alcune scoperte circa gli Hathaways di Loughborough. No, quello era errato e sarebbe stata una violazione sulla sua riservatezza. Qualunque cosa volesse sapere su di lei, doveva essere in grado di chiederla.

"Che cos'è un Palomino? Non ce l'abbiamo. Giusto, padre?"

"Un Palomino è un cavallo bianco, Rain. No, noi no. Ne vorreste uno?"

Fu Sky a rispondere. "Mi piacerebbe vedere com'è.

Giusto, Rain?"

"Sì. Un cavallo bianco, sarebbe una vista piacevole, credo."

Charles gli sorrise. Ogni volta che parlavano in questo modo, come se avessero vissuto oltre i loro anni, si stupiva e spesso portava la loro madre alla sua memoria.

"Cercherò di ottenerne uno per voi due. Tuttavia, non faccio promesse. I Palomino sono una razza molto rara e potrebbe essere impossibile trovare qualcuno che sia disposto a rinunciare al proprio."

Si guardarono l'un l'altra e parlarono nella loro mente, poi insieme dissero: "Va bene", e tornarono al loro cibo.

Prese un altro morso del suo pane, masticò e inghiottì, prima di continuare la sua conversazione con la signorina Hathaway.

"Fey è uno dei cavalli che ho acquistato recentemente, il suo colore unico mi ha colpito e ho pensato che sarebbe stata una buona aggiunta alle mie stalle. Le ragazze la adorano, ma i loro cuori sono stati conquistati da altri cavalli. Se mai desideraste fare un giro, non esitate a prendere Fey. È vostra, per tutta la durata della vostra permanenza in questa casa."

Lei trattenne i suoi occhi, la sorpresa evidente in quelli di lui mentre rispondeva "Questo mi piacerebbe. Grazie."

Poi distolse lo sguardo e tornò al suo cibo. Il silenzio regnò per un po', poi chiese di nuovo. "Come è stato il viaggio?"

"Non diverso dal solito. Non ho incontrato nessun intoppo."

"Sono felice di sentirlo. Se avessi saputo che sareste partita da così lontano senza un compagno, avrei preso accordi per voi."

"Ce l'ho fatta abbastanza bene da sola. Ora sono qui, è tutto ciò che conta."

"Infatti, lo è. Spero che abbiate trovato il vostro alloggio comodo?"

"Sì. La camera è adatta a una principessa. La vista che offre è piacevole. Certamente mi godrò il mio soggiorno lì."

"Ne sarei felice."

Decise di interrompere la conversazione e il resto del pasto continuò in silenzio. Solo quando finirono di cenare e si alzarono per andarsene, parlò di nuovo.

"Fate in modo di riposare. Discuteremo domani nel mio studio. Henry è a vostra disposizione, se avrete bisogno del suo aiuto."

Lei si inginocchiò di nuovo e lui fece una nota mentale per chiedere che non lo facesse, così spesso. Poi, quando le ragazze dichiararono interesse ad andare con lei, rifiutò. Aveva bisogno di riposare. Poteva vedere le linee stanche sul suo volto. Aveva la sensazione che non fosse riuscita a dormire molto durante il viaggio. Egli lodò la sua spavalderia, anche per aver tentato una tale impresa, in primo luogo. Mentre tornava nel suo studio, volle ogni pensiero su Miss Hathaway fuori della sua mente. C'era solo così poco che era stato in grado di portare a termine tutto il giorno. Il lavoro, doveva essere fatto. Non avrebbe dato spazio a distrazioni.

Capitolo 8

Il conte non era stato presente a colazione quella mattina. Le ragazze lo erano state però, e ciò aveva offerto a Jane il tempo di conoscerle meglio. Erano nel salotto e stava leggendo loro una storia tratta dal libro per bambini, Roses in the Gardens. Fino a quando non avrebbe discusso con il conte, non avrebbe potuto iniziare formalmente il suo lavoro. Non aveva alcun programma e non voleva spingersi troppo oltre. Questo sarebbe stato sufficiente, suppose. Doveva. Aveva appena girato le pagine per iniziare un nuovo capitolo quando sentì una presenza nella stanza. Si fermò e alzò lo sguardo per vedere Henry. Mise via tranquillamente il libro che stava leggendo.

"Sì, Henry?"

"Il Signore è tornato e chiede la vostra presenza, mia signora."

Sorrise mentre iniziò ad alzarsi. "Henry, vi ho chiesto di astenervi dal rivolgervi a me con tale titolo. Non sono una signora. Certamente, dovete saperlo."

L'uomo anziano semplicemente offrì in cambio un sorriso consapevole. "Mi permetto di dissentire, mia signora. I miei occhi vedono niente di meno di una vera e propria signora. Lo saprei, ho vissuto anni per acquisire tale conoscenza."

Finì con un ammiccamento e il sorriso di Jane rimase al suo posto. Dentro, lei tremava. Se Henry condividesse i suoi pensieri con il suo maestro, lui gli crederebbe? Avrebbe fatto domande? Preferiva non disonorare la sua famiglia. Era meglio che il signore la considerasse una plebea. In questo modo, avrebbe fatto meno domande.

"Ragazze, devo andare da vostro padre. Voglio la vostra parola che rimarrete qui fino al mio ritorno. Se ci metto troppo e vi annoiate, potete andare nei campi, ma non senza Nancy come accompagnatrice." Mentre Henry la portava in giro per casa il giorno prima, l'aveva presentata a tutto il personale, uno alla volta. Fu allora che aveva incontrato Nancy che le ricordava Abigail, quando erano state più giovani. Aveva un'aura, come ogni membro della famiglia, che emanava luce e calore.

"Non possiamo venire con voi da nostro padre?" chiese Rain. In un primo momento, Jane era stata grata per la differenza nel colore dei capelli, perché aveva reso più facile identificarle. Tuttavia, le ore passate in loro presenza le avevano mostrato altre differenze tra le ragazze. Innanzitutto, la loro voce suonava in modo diverso. Forse perché Rain spesso si prendeva il suo tempo per parlare come se ragionasse su ogni parola mentre le parlava. Sky, parlava liberamente, la sua voce sempre un tono di voce più alto.

"Temo di no. Vostro padre ed io dobbiamo discutere le condizioni del mio lavoro e non è una discussione per piccole signore come voi due. Siete così giovane e così vibranti. Certamente, non posso essere così malvagia da sottomettervi a tanta noia." Alzò gli occhi al cielo mentre parlava con una finta noia, e fece una voce profonda. Mentre le ragazze cominciavano a ridacchiare alla divertente vista che sapeva di aver presentato, si complimentò per un lavoro ben eseguito.

"Dovete permettermi di andarmene ora. Non vorrei far aspettare ancora Sua Signoria."

Poi, per fare scena, si lasciò cadere in un inchino teatrale che causò loro una risata, anche quando lasciò il salotto. Quando uscì dalla porta, la chiamarono.

"Non metteteci troppo, Miss Hathaway."

Una morsa si strinse intorno al suo cuore in quel momento, e stringeva. Si voltò verso le ragazze e promise.

"Non lo farò."

Poi, seguì la guida di Henry, fino a Sua Signoria. Forse, a tempo debito, avrebbe chiesto alle ragazze di chiamarla con il suo nome, per favorire il rapporto tra di loro.

Si scoprì che il conte la stava aspettando nel suo studio. Aspettò fino a quando Henry l'annunciò, prima di entrare nella stanza. Come la casa stessa, questa stanza era grande. Sembrava anche di ospitare una piccola biblioteca. Contò circa tre scaffali pieni di libri. Le era stata mostrata la biblioteca principale nel loro tour il giorno prima. Quella era una stanza molto più grande di circa 800 volumi e oltre diecimila libri. Questi libri qui, devono essere per uso personale di Sua Signoria, pensò. Il pensiero che fosse un lettore appassionato, le piacque molto.

C'era una scrivania enorme, vicino allo scaffale dei libri, e una sedia nella parte anteriore, e altre due sedie poste dall'altro lato. Sulla scrivania c'erano pile di carte, libri mastri, un globo che la affascinava. Dall'altra parte della stanza c'erano due lunghi divani. E naturalmente, l'armadietto dei liquori. Uno studio classico, che conteneva il migliore arredamento. Alla fine, poteva vedere un camino. Esso le disse che il conte trascorreva molte notti fredde in questa stanza. Si chiedeva il perché.

Il conte che era seduto alla sua scrivania si alzò quando la vide. Ancora una volta, si dimostrò un gentiluomo. Le cose che aveva fatto per lei fin dal suo arrivo, non aveva mai visto suo padre tentare di farle. Nana aveva fatto di tutto e di più. Il suo personale era stato come la sua famiglia, come Jane lo era stata. Ma Nana era unica nel suo genere. Un angelo che era tornato in cielo quando il suo tempo era trascorso.

“Mi avete convocata, mio signore?” Teneva le mani piegate davanti a lei, felice di non dover più fare l'inchino. Si astenne da quello e dal piegare la sua testa, come egli le aveva chiesto. Era più che felice, di obbedire.

Egli non disse nulla mentre la osservava. Oggi, si era accontentata di un vestito color lavanda. Una sfumatura morbida e non troppo brillante per una governante. Almeno sperava che lui non lo considerasse così. Era abbastanza modesto. Privo di decorazioni frivole, e le maniche le raggiungevano i polsi. Le sue preoccupazioni svanirono mentre vedeva nei suoi occhi un inconfondibile bagliore di approvazione. Quelle preoccupazioni, erano state sostituite dal vibrare nei suoi nervi da quando lo aveva diagnosticato come un effetto della sua presenza.

"Infatti. Mi scuso per la mia assenza quando avete lasciato velocemente le ragazze. Ero stato convocato per risolvere una piccola questione nel villaggio."

"Non mi dovete alcuna spiegazione, mio signore. Al di là di questo, spero che non consideriate audace il mio chiedervi come è andato il regolamento della questione"

Sembrava piuttosto sorpreso, ma non rispose in un modo che suggeriva che si fosse offeso. "Audace da parte vostra? Sì. È vero, ma non ho problemi con questo. Siete solo preoccupate, come dovreste essere e sono grato per la vostra preoccupazione. La questione è stata risolta abbastanza amichevolmente. Credo che le parti coinvolte si siano disperse, soddisfatte del risultato. Ho avuto una mattina piuttosto piacevole, devo confessare."

Un uomo che ha preso il suo tempo per risolvere una disputa tra gli abitanti del villaggio e sembrava soddisfatto del risultato. Che tipo di uomo era Lord Wellington? Prima che potesse trovare una risposta adeguata, la convocò più vicino.

"Prego, venite. Sedetevi. Mi hanno detto che stavate passando del tempo tranquillo con le ragazze."

Seguendo le istruzioni, si mosse nella stanza camminando graziosa come aveva imparato. Lo raggiunse e prese il suo posto, così anche lui, prima di rispondere.

"Stavo leggendo loro uno dei libri preferiti della mia infanzia. Ho calcolato che fosse il minimo che potessi fare, fino a quando avessimo discusso in ogni aspetto i miei doveri."

"Capisco. Come stanno? Non le ho viste oggi."

La sua risposta arrivò rapidamente, non avendo bisogno di pensarci. "Sane, cordiali. Piene di vita e piene di energia. Avete delle belle figlie, Vostra Signoria."

La sua fronte esplose in quello che poteva descrivere solo come sorpresa. Perché aveva reagito così a sentire le sue figlie descritte come belle? Di certo non la pensava diversamente. Non con il modo in cui le guardava con tanto amore e adorazione. Espresse i suoi pensieri con una semplice domanda. "Qualcosa vi sorprende, mio signore?"

Scosse la testa in un rapido movimento come se volesse riprendersi. "Se lo dite voi; avete trascorso ore da sola con loro. Avevo temuto di incontrarvi pronta a partire con i vostri bagagli al mio ritorno. Mi sto solo riprendendo da quel sollievo, ora, sentirle descrivere come bambine adorabili?"

Jane fece una pausa. Perché avrebbe dovuto fare le valigie ed essere pronta a partire, solo un giorno dopo il suo arrivo, quando non aveva nemmeno iniziato i suoi compiti. C'era qualcosa che doveva imparare sulle ragazze?

"Non sono del tutto certa di capire, signore. Perché dovreste avere tali paure? Sono delle bambine adorabili."

Sospirò mentre si rilassava, in modo che la sua schiena toccasse lo schienale della sua sedia. "È solo che non le ho sentite descrivere con tali parole da nessuna delle loro governanti precedenti, dopo qualche tempo da sola con loro. Parole più comuni erano impossibili, cattive, malvagie, maliziose."

"Tutte le loro governanti?" Sicuramente, non poteva essere, pensò Jane.

"Tutte loro. Ho dovuto assumerne quindici negli ultimi tre anni, Miss Hathaway. L'ultima si è dimesso solo una settimana fa. Vedete, Sky e Rain, pensano di non avere bisogno di essere comandate, quindi preparano scherzi, con cui scoraggiare le loro governanti."

Jane cercò di immaginare le ragazze che avevano avuto i loro migliori comportamenti tutto il giorno, cercando di scoraggiare chiunque. Davvero, avevano fegato, ma sicuramente, non potevano essere così terribili.

"Rain e Sky?" anche i loro nomi erano qualcosa di cui si chiedeva. Erano bei nomi, tuttavia. Solo, non comuni.

"So che trovate difficile crederci. Anche per me lo era. Credetemi quando dico che non vi sto raccontando queste storie per spaventarvi. Solo per assicurarmi che siate pienamente consapevole della situazione attuale. Molte di loro si lamentavano di trovare animali nell'acqua del bagno o nel cibo, perdere ciocche di capelli..."

Si ricordò subito della richiesta delle ragazze di giocare con i suoi il giorno prima, e sentì il colore svanire dal suo viso. Lo sguardo di scuse che Lord Wellington le offrì in quel momento, confermò i suoi sospetti.

Riluttante, continuò. "Forse, non sono così innocue e molti non sarebbero d'accordo con me. Sono incline a credere che davvero non volevano causare alcun male terribile. Tuttavia, ho parlato con loro, e hanno dato la loro parola di non tentare tali imprese, mai più. Ho anche ragione di credere che vi abbiano presa in simpatia."

Poi mantenne gli occhi nei suoi, come se cercasse di trasmettere un significato più profondo e la attirasse con i suoi occhi. Oh, ma era bello. Così terribilmente affascinante. Albert impallidiva notevolmente rispetto a lui ed era stata così infatuata di quel bastardo bugiardo. Fermando i suoi pensieri sull'uomo, tornò al tema in questione. Le ragazze avevano preso una simpatia per lei, per Jane era un po' troppo presto per dirlo. Al di là di questo, non sentiva veramente nessun allarme. Era consapevole che avrebbe dovuto, dal resoconto che il loro padre le aveva dato. Lei suppose che poteva vederlo adesso. Quegli occhi azzurri brillavano di malizia mentre orchestravano le loro catastrofi. Sentì un'ondata di pietà per le donne che avevano dovuto soffrire per mano loro. Quindici governanti in tre anni! Senza dubbio il conte appariva stanco.

"Credo che sia un po' troppo presto per dirlo. Eppure, devo confessare che non mi hanno dato motivo di credere il contrario. Spero che sia così, perché renderebbe il mio lavoro molto più facile."

"Sì. Anch'io. Spero che voi vediate quanto sia importante per me che tu non vi arrendiate a loro. Hanno bisogno di una governante. Una donna che possano ammirare, che possa insegnare loro la via della riservatezza, come crescere fino ad essere vere signore, in assenza della loro madre."

Vide un barlume di tristezza nei suoi occhi, ma se ne andò così in fretta, che si chiese se l'avesse immaginato. Otto anni era un lungo periodo di tempo, ma lei suppose che il dolore di perdere una persona cara non andasse mai via veramente. Si spegneva solo con il tempo.

"Ho scelto voi, perché credo che ne siate capace. Hanno bisogno di una figura femminile rispettabile nelle loro vite. Non ho avuto motivo di credere altrimenti dal vostro arrivo. Tranne naturalmente, per l'incidente dei pantaloni. Spero che non lo incoraggerete o non influenzerete le mie figlie a presentarsi come uomini."

Lei fece una smorfia, anche se lui aveva mantenuto la voce educata. "Ho spiegato la questione, Vostra Signoria e do la mia parola che le giovani signore non riceveranno tali incoraggiamenti da me."

Ci fu una lunga pausa mentre la guardava come se stesse cercando di decidere se si fidasse delle sue parole. Infine, disse

"Bene, Miss Hathaway. Fate in modo di fare proprio questo e mi farete piacere.

Dal momento che la questione è conclusa, possiamo procedere. Le lezioni delle ragazze; Non ho un programma prestabilito per loro. L'ho sempre lasciato alle loro governanti in passato. Sareste in grado di gestire ciò?"

Jane ricordò i suoi giorni d'infanzia come se fossero accaduti solo il giorno prima. Nana era stata colei che aveva stilato il suo programma e anche se, non le era mai piaciuta la sua istruttrice, aveva certamente trovato il programma, piacevole. Potrebbe usare lo stesso per le ragazze.

"Credo che sarà facile da gestire, Vostra Signoria."

Egli annuì, poi cominciò a cercare qualcosa sulla sua scrivania. Presto lo trovò e Jane lo riconobbe facilmente come la prima lettera che aveva scritto.

"Qui dice che avete una buona padronanza dell'irlandese, dello spagnolo, del francese e dell'italiano. Inoltre, suonate il pianoforte e avete una vasta conoscenza delle materie richieste."

Non aveva mai sperimentato un colloquio prima d'ora. Concluse che era troppo noioso e avrebbe preferito che avessero saltato tutte queste formalità. Eppure, mantenne il suo volto inespressivo, senza tradire nulla, come rispose. "Sì. Questo è giusto. Ho imparato tutto da bambina. Ho avuto un'infanzia privilegiata."

"A-hah. Confesso, che me lo ero domandato. Sembrate troppo educata, come se foste stata curata voi stessa da una governante. So che non avete frequentato nessuna scuola per governanti e questo è il vostro primo lavoro. Oltre al Palomino, ho ipotizzato che non proveniate da una umile casata. Questo mi porta alla mia prossima domanda. Perché siete qui, signorina Hathaway?"

Il suo cuore galoppava e i suoi nervi saltavano. Scosse la testa nella sua direzione e subito si pentì dell'atto. I loro occhi si incontrarono e trattennero. Non c'era speranza che guardasse lontano mentre fissava in profondità, come se cercasse nei suoi occhi i suoi segreti più profondi. Spogliandola. La paura che lui potesse essere la spinta che le serviva per spezzare la connessione.

"Avevo bisogno di un lavoro. Così, ne ho cercato uno. I miei privilegi si sono persi con la morte di mia nonna che era la mia tutrice. Dopo la sua scomparsa, ho dovuto affrontare la dura realtà della vita." Non era del tutto una bugia. Eppure, si sentiva in colpa quando improvvisamente egli divenne solenne.

"Sono terribilmente dispiaciuto, signorina Hathaway. Non ne avevo idea. Perdonate la mia intrusione. Suppongo di non avere diritto a informarmi sulla vostra persona. Ho solo bisogno che facciate il lavoro per cui siete stata assunta, in modo eccellente."

Sembrava sincero e lei finalmente riuscì a calmare il suo cuore e i nervi. "Lo farò, Vostra Signoria. Ve lo assicuro."

"Molto bene allora. La biblioteca contiene i materiali di cui avrete bisogno per le vostre lezioni. Siete libera di portare fuori le ragazze, purché facciate da accompagnatrice, ma non senza il mio permesso. È inoltre necessario che siano di ritorno nella tenuta prima del tramonto, nel caso escano fuori. Siete le benvenute a cenare con noi, sempre. Vi ho dato la libertà di usare qualsiasi metodo riteniate adatto per le vostre lezioni. Tuttavia, credo che dovreste sapere di non alzare un dito sulle mie figlie. Se dovesse sorgere la necessità di disciplina, per favore, venite da me prima di compiere qualsiasi azione. È tutto chiaro, signorina Hathaway?"

"Certamente, mio signore."

"Bene."

Egli esaminò la lettera ancora una volta e lei aspettò, piuttosto impaziente. Voleva semplicemente finire tutto ciò.

"Attestate che tutte le informazioni contenute in questa lettera sono vere?"

Jane ricordò mentalmente tutto ciò che aveva scritto. Sì, non era mai stata sposata. Non era stata promessa a nessuno. Aveva ventidue anni. Il resto, lo avevano discusso.

"Sì. Lo attesto."

"In questo caso, questo è tutto. Consideratevi congedata."

Era ora! Si alzò immediatamente e fece un inchino. Poi mormorando parole di gratitudine, si congedò.

Solo quando uscì dallo studio, il suo battito cardiaco tornò alla normalità. Non c'era alcun dubbio che un anno in questa casa, con Lord Wellington, sarebbe stato il più lungo che avesse mai vissuto in tutti i suoi ventidue anni.

Una volta rientrata in salotto, ricevette la notizia che le bambine si erano già addormentate ed erano state portate nella loro stanza. Decise di utilizzare questa occasione per fare un'altra passeggiata intorno alla villa. Era stata in soggezione mentre Henry le faceva fare il giro, il giorno prima. Questa tenuta era più grande della casa della nonna e di suo padre. Lord Charles era un conte. Per ogni diritto, più ricco di suo padre, visconte, e dei suoi padri prima di lui. Questa casa era stata di famiglia per anni, Henry stesso lo aveva detto mentre la portava in giro, il giorno prima.

La casa era grande. Grande all'interno come all'esterno, ancora più grande. I disegni degli interni erano squisiti e l'edificio era forte, avendo resistito alla prova del tempo. Henry le aveva detto che l'intera tenuta del conte copriva almeno sedici miglia quadrate di terra. Dopo che al suo arrivo era stata fatta entrare dall'enorme cancello all'inizio della tenuta, aveva messo la testa fuori del finestrino per vedere la sua bellezza. Era ancora primavera, così ovunque splendeva la verde bellezza. Un'ampia distesa di campo si era aperta davanti a loro, occupando entrambi i lati del viale su cui viaggiavano. Aveva visto cavalli al pascolo e l'aria odorava in modo diverso. Fresco, come l'aria di mare. Henry aveva in seguito confermato che c'era un piccolo fiume nella tenuta ed era uno dei luoghi preferiti del signore. Purtroppo, doveva ancora vederlo, proprio come doveva ancora vedere il giardino. Avevano cavalcato nella tenuta per circa dieci minuti, prima che apparisse la casa. Allora, era arrivata vicino alla fontana che si levava nel mezzo della proprietà, a pochi metri dalla casa e serviva come punto di svolta per le carrozze. Era troppo bella, con tre strati di letto di pietra; acqua che fuoriusciva da ciascuno di essi fino alla piccola piscina sottostante che la circondava. La sorgente era coronata con l'immagine di un lupo, dalla cui bocca aperta, l'acqua veniva versata fuori. Il lupo era il cimelio di famiglia dei Wellington, aveva imparato.

Scesa dalla carrozza, aveva guardato verso l'alto per vedere la casa. Sorgeva alta, una storia alta. Realizzata con robusti mattoni bianchi, stile classico rinascimentale. A quanto pare, Charles I aveva un grande amore per gli edifici italiani, così aveva invitato un architetto italiano per costruire la sua casa. Era davvero una bellezza, ammise Jane. C'erano torri quadrate ad ogni estremità, e la casa sedeva su una terrazza formale che dava modo al grande campo che l'aveva accolta di distendersi. Una rampa di dieci gradini saliva fino alle grandi porte di legno che avevano le sculture di lupi su di esse. Dalla vista frontale, aveva facilmente contato dodici finestre, sei su ogni lato, tre in alto, tre sotto. Ogni finestra aveva pannelli di mattoni, che sembravano abbastanza forti da resistere, ma a malapena abbastanza larghi da calpestare. Era quello che si poteva vedere dall'esterno della casa.

Quando Henry la portò in giro, non poté fare a meno di notare la sontuosa decorazione mentre passavano da un'ala all'altra, dalle stanze alle sale, alle stanze, alle sale. Anche gli alloggi dei domestici erano stati ben costruiti. Sembrava la casa in cui vivevano molti uomini comuni. Questa casa aveva quarantasei stanze in totale e quattro ali. Essa ospitava la cucina, la mensa, le sale della servitù, la biblioteca, il salotto, lo studio del conte, una sala da musica, la sala centrale che fungeva da sala da ballo e altro ancora.

C'era pittura decorativa dappertutto, come le arti tessute di oro nei colori del grigio che erano stato scelte per le pareti. Poi, naturalmente, c'era l'atlante interno e le cariatidi che erano state scolpite da un rinomato scultore italiano. La biblioteca era la seconda sala più grande. Conteneva ottantacinque scaffali e migliaia di libri, comode sedie e un tavolo. Mappe, un mappamondo e un piccolo lupo di legno. I Wellington erano senza dubbio collezionisti di tutte le cose: libri d'arte, dipinti, sculture, la lista era infinita. La sala più grande era la sala centrale, lunga 30 metri, e alta 50 metri con un tetto di vetro color cielo. Il resto della tenuta aveva tetti fatti di cupole, coperti di frontoni dorati e balaustre. In luoghi strategici della casa, si vedevano sculture in legno di lupi, o un bel vaso, o pitture artistiche. Gli alloggi della servitù giacevano al di sotto. All'entrata della tenuta, si doveva scendere per un lungo corridoio che portava ad uno spazio aperto, sotto le scale. Da lì, si poteva andare in altri posti della casa. Gli alloggi della servitù, lo studio del conte, la sala centrale, la biblioteca, le stalle, la sala da pranzo e, naturalmente, il salotto. In cima alle scale, c'erano solamente camere e una piccola sala.

Ci sarebbe voluto un po' per abituarsi, ma lei suppose che un anno in questo posto, che stava rapidamente cominciando a sentire come casa, fosse sufficiente.

Capitolo 9

Charles si trovava nella piccola sala a fissare fuori dalla finestra, quando sentì dei passi dietro di lui. Trentacinque anni erano un tempo troppo lungo per non riconoscere quei passi. L'uomo venne a stare accanto a lui, le sue mani dietro la schiena. Insieme, rimasero in piedi a guardare fuori dalla finestra la scena sottostante. Nessuno disse una parola. Solo cenni di riconoscimento. Il silenzio non durò per molto e fu l'uomo accanto a lui che decise di rompere l'incantesimo.

"Insiste di non essere una signora, eppure, tutto riguardo al modo in cui si comporta, afferma il contrario."

Charles sospirò. Ci aveva pensato anche lui. Nelle ultime tre settimane, aveva passato il suo tempo ad osservare Miss Hathaway, anche quando sapeva che non avrebbe dovuto. Non ne aveva alcun motivo, né alcun diritto. Eppure, continuava a ripetersi, che stava la semplicemente osservando per vedere come fosse con le sue figlie. In quello, era meravigliosa. Era entrato durante le loro lezioni, le aveva viste giocare come stava facendo in questo momento, e una cosa gli era chiara: le sue figlie avevano preso una forte simpatia per la signorina Hathaway e lei le adorava. Era fantastica, meravigliosa con loro. Molte volte, sentiva le loro chiacchiere da femminucce e le risate fluttuare nell'aria verso di lui, e desiderava di potersi unire a loro. A volte, quando andava a dare il bacio della buonanotte alle sue ragazze, la trovava nella loro camera, a leggere loro una favola, intrecciando loro i capelli, baciandole per farle addormentare. No, non lo infastidiva che si prendesse tanta libertà, diventando così intima con le sue figlie. Anzi, lo rendeva felice. Non c'erano stati resoconti di alcun assalto da parte loro dal suo arrivo e ciò era quasi impossibile da credere. Tuttavia, era facile vedere che cosa stava facendo nel modo giusto. Era più della loro governante, era loro amica. Un cieco poteva vedere che era genuina. A differenza di tutte le altre che avevano scelto questo lavoro, prima di lei. Quelle donne erano venute con false pretese. Avevano voluto vincere la loro strada anche nel suo cuore. Fortunatamente, le aveva viste per quello che erano. Serpenti che avrebbero gettato la loro falsa pelle non appena avessero ottenuto ciò che volevano. La signorina Hathaway era diversa, lui lo sapeva. A malapena guardava nella sua direzione, non aveva cercato di instaurare alcun rapporto inappropriato con lui fin dal suo arrivo. Se ne stava per conto suo e con le ragazze. Se stava cercando di attirare la sua attenzione, questo era un modo terribile di farlo.

Ma non era questo il motivo per cui non riusciva a toglierle gli occhi di dosso. Anche nei momenti in cui non era con le bambine, ogni volta che sentiva la sua presenza la cercava, e di conseguenza perdeva i suoi occhi su di lei. Era un po' imbarazzante, se doveva ammetterlo. Sapeva che era una donna troppo intelligente per non aver ancora notato i suoi sguardi prolungati. Sperava solo di non metterla terribilmente a disagio.

"Anch'io ho queste nozioni. È chiaramente nata in una famiglia di alto rango, ma per qualche ragione, ha scelto di mantenere il segreto. Mi chiedo se stia scappando da qualcosa. Altrimenti perché una signora bella come lei, giovane come lei, avrebbe deciso di diventare governante?"

"Perché non glielo chiedete e lo scoprite?"

"Pensate che non ci abbia provato?" si fermò mentre un ricordo gli tornava alla memoria. "Una volta, quando era appena arrivata. Mentre parlavo con lei nel mio studio sondai la questione ma lei non rivelò nulla. Decisi di lasciare stare. Ci sono cose che molti di noi non vogliono rivelare ad un'altra persona. Suppongo di poterle permettere i suoi segreti."

"Hmm... e se stesse scappando da qualcosa?"

Charles girò leggermente la testa per guardare il suo maggiordomo. Passò un momento e riportò la sua attenzione alla scena sottostante. "Non credo che sia qualcosa che potrebbe portare alcun pericolo alla mia famiglia. L'ho osservata. È spensierata, felice e rilassata. Non sembra qualcuno che è perseguitato. Qualunque cosa da cui stia scappando, non penso che sia pericolosa o del tutto orribile. A parte questo, ora mi appartiene, e io mi prendo cura della mia famiglia, la proteggerò."

"Hmm... siete sicuro che sia l'unica ragione?"

Charles sentì l'esca nella voce di Henry, ma si rifiutò di abboccare. "Certo. Quale altra ragione ci sarebbe?"

"Non lo so. Forse, lo stesso motivo per cui siete qui, in questo momento? Perché non siete riuscito a toglierle gli occhi di dosso dal suo arrivo?"

Charles sussultò internamente. Questo vecchio uomo sapeva troppo, aveva visto troppo. "Sono solo interessato a vedere quanto sta legando bene con le ragazze."

"È questo che dite a voi stesso? O è solo una vera e propria bugia, pronta ad essere raccontata a chi si preoccupa di chiedere?"

"Le ragazze sembrano amarla," rispose, ignorando completamente il maggiordomo. Stava cominciando a sentirsi a disagio con questo interrogatorio. Sentiva il sorriso nella voce del vecchio mentre rispondeva...

"Sì, la amano. Una presenza rinfrescante, devo confessare. Anche a me piace la ragazza. Non vorrei che soffrisse il destino di quelle prima di lei. Anche gli altri membri del personale hanno preso una simpatia per lei. Basti dire, tutta la famiglia, visto che nemmeno il loro signore è da meno."

Charles si schiarì la gola. Come aveva fatto la conversazione ad arrivare a questo punto? "È una bella donna. Non sono incline a disprezzare la gente, Henry."

"Certo che no. Non siete nemmeno incline a lanciare occhiate persistenti alle governanti delle vostre figlie."

"Non fatelo, Henry. Non nutro tali pensieri riguardo alla signorina Hathaway", lo avvertì Charles.

"Non lo fate? Beh, forse dovreste."

La sua testa si girò bruscamente per guardare il suo maggiordomo. Come potrebbe Henry persino suggerire una cosa del genere? La signorina Hathaway era un membro del suo personale. Una governante per le sue figlie. Non avrebbe fatto una cosa del genere. Non importava quanto fosse attratto da lei. Non importava quante volte l'avesse vista sorridere nei suoi sogni e anche sentita ridere.

"Di cosa state parlando? È la governante delle mie figlie."

"È anche una donna sola, che è molto bella, da cui siete molto attratto."

Allora distolse lo sguardo, le sue mascelle strette in una linea dura. Non riusciva a trovare le parole per una smentita.

"Vedete? Non potete negarlo. Non sono l'unico a vederlo. I servi stanno già sussurrando. Niente di diffamatorio, ve lo assicuro. Tutti vogliamo vedervi felice, mio signore. C'è un po' di verità in quello che ha detto Archibald. Otto anni sono abbastanza."

"Non sono ancora pronto."

"Beh, immagino che non lo sapremo mai, se non ci provate. Se mi congedaste, mio signore."

Charles quasi alzò gli occhi al cielo. Non c'era bisogno di tali formalità tra lui e Gaius, ma il vecchio uomo aveva sempre insistito. "Siete congedato, Henry."

Il vecchio uomo si inginocchiò e si mise in cammino. Charles aspettò che lasciasse la sala prima di tornare alla finestra. Erano ancora lì, in giardino, a giocare. La signorina e le sue figlie. Si avvicinò in modo da poter mettere la testa fuori e osservarle più da vicino, osservarla.

La sua conversazione con Henry cominciò a giocare nella sua testa. Effettivamente, fantasticava sulla signorina Hathaway, si preoccupava per lei. Per così tanto tempo, aveva temuto di dare il suo cuore ad un'altra, non che avesse incontrato qualcuno che lo meritasse. Eppure, tutto sembrava giusto quando Jane era coinvolta.

Jane... non aveva mai osato pensare a lei in modo così informale. Si chiedeva se gli avrebbe permesso di chiamarla così, a un certo punto. Sperava che l'avrebbe fatto, proprio come sperava che avrebbe accettato di perseguire questo affetto con lui. Non sapeva molto, ma calcolò che lei lo apprezzasse. Lo apprezzava abbastanza da accettare la sua proposta di un'amicizia più intima.

Fece un sospiro profondo. Forse, c'era un po' di verità nelle parole di Henry, beh, Henry aveva spesso ragione. Molte donne passano attraverso il parto senza complicazioni. Marilyn... quello che era successo a Marilyn era stato sfortunato. Tuttavia, non poteva continuare a vivere una vita così solitaria, nel timore dell'ignoto. C'era la possibilità che avrebbe perso una nuova moglie, beh, c'era anche una possibilità che non sarebbe successo. Quella possibilità era abbastanza grande, che volle provare.

In quel momento, Jane alzò lo sguardo e i loro occhi si trattennero. Poi, fece qualcosa che lo colpiva sempre con la forza di mille pugni- sorrise. Tutti i sentimenti meravigliosi che di solito provava ogni volta che le era vicino, ogni volta che guardava in quegli occhi chiari, ogni volta che sorrideva così dolcemente, tornarono di corsa. Questa volta, non lo fecero andare in panico. Li accolse. E facendo il salto finale, sorrise in cambio.

Capitolo 10

"Quindi, Napoleone fece una guerra per dodici anni, solo per arrendersi? Non sembra un così grande uomo."

Jane sorrise mentre chiudeva il libro che stavano leggendo. Si alzò, e camminò fino alla parete dove aveva appeso la cartina che conteneva tutti i luoghi in cui era stata combattuta la guerra napoleonica. Erano passati quattro anni da quando la guerra era completamente terminata, tuttavia faceva parte della grande storia della Gran Bretagna e non sarebbe mai stata dimenticata.

"Non aveva scelta, Rain. Era stato sconfitto più volte. A me sembra un grande uomo. Fece della Francia un paese più grande di quando arrivò, e combatté i nemici quando si ribellarono contro il suo paese. Penso che abbia combattuto bene", rispose Sky a sua sorella.

Il sorriso di Jane rimase sul suo viso mentre cominciava ad arrotolare la mappa. Si era abituata alle chiacchiere delle ragazze nelle ultime settimane, da quando era diventata la loro governante. Erano molto intelligenti, veloci a imparare, ed erano curiose. Trovare un orario adatto a loro era stato abbastanza facile. Dopo colazione, facevano una passeggiata in giardino per sgranchirsi le gambe e digerire il cibo. Poi, tornavano a disegnare e procedevano con le loro lezioni. Un'ora ciascuna per ogni materia, con un intervallo in mezzo. A volte, prendevano lezioni di pianoforte. A volte, dipingevano e disegnavano. A volte, cucivano. Dopo le lezioni, marciavano verso le stalle e facevano una passeggiata con i cavalli, o camminavano fino al piccolo fiume e pranzavano sulle sue rive, o al ponte. Dopo pranzo, alle ragazze era permesso di fare un pisolino. Quando si svegliavano dal pisolino, avevano piccole sessioni di lezioni di galateo, lezioni di danza, e un po' di equitazione. Quando arrivava la sera, cenavano e lei leggeva loro una storia per farle addormentare, ma solo dopo aver intrecciato i loro capelli in belle trecce o acconciature. Alcuni giorni, c'erano delle eccezioni. Tutta la sua vita ruotava intorno alle ragazze in questi giorni e a lei non dispiaceva. Per niente. Scriveva ad Abigail ogni due settimane, ma aveva scritto ai suoi genitori solo una volta, per dire loro che era viva e vegeta.

Abigail l'aveva informata in una lettera che erano rimasti sconvolti dopo aver letto la sua lettera e avevano cercato di trovarla, ma inutilmente. Ora, se la cavavano a malapena e suo padre non era tornato a Londra, perché sua madre non aveva voluto essere lasciata sola. Jane la prese come una buona notizia. Se suo padre non fosse tornato a Londra, allora non avrebbe sprecato i fondi. Nel giro di due mesi, avrebbe inviato loro dei fondi per tirare avanti, e avrebbe continuato a farlo finché non avesse lasciato l'impiego di Lord Wellington.

"Ok. Questo è tutto. Abbiamo finito qui. Voi due, sbrigatevi ora. Andate a cercare Nancy e lasciatela prendersi cura di voi. Penso di essere in vena di un giro."

"Verremo con voi. Lasciateci. Per favore!"

Evitò di guardare quegli occhi azzurri che sapeva non sarebbe stata in grado di rifiutare. Non voleva sottoporsi a più di questo agguato. "No, no, dai, andate. E non correre nei corridoi."

Immediatamente, scesero dalle loro sedie e cominciarono a camminare lentamente fuori dal salotto, come se fossero oppresse. Sembravano così adorabili, Jane non riuscì a fermare la risatina che le sfuggì dalle labbra. Naturalmente, non l'avevano ingannata. Non appena uscirono dalla stanza, corsero e andarono a dire a Nancy della loro mattinata con la signorina Hathaway.

Un sospiro lasciò le sue labbra mentre cominciava a impacchettare tutto ciò che avevano usato per le lezioni della giornata. Erano le bambine più preziose del mondo, da quello che riusciva a percepire. Una volta finito nel salotto, andò nella sua stanza per mettersi l'abbigliamento da equitazione. Era una buona giornata per fare una cavalcata. Il sole non splendeva. Le nuvole di pioggia del giorno prima lo coprivano ancora. L'aria era fredda, ventilata. Effettivamente, era una buona giornata per una cavalcata.

Un po' più tardi, si era cambiata in abiti da equitazione ed era alle stalle. Le parole delle ragazze del giorno prima squillavano ancora chiaramente nella sua testa. Le avevano chiesto se tenesse al loro padre. Naturalmente, era stata presa di sorpresa e aveva riso, evitando abilmente la domanda, tuttavia, risuonava ancora nella sua testa.

Le interessava di lord Wellington? Il conte teneva a lei? E se la risposta ad entrambe le domande fosse stata sì? Le avrebbe chiesto di sposarlo? E se l'avesse fatto, avrebbe risposto di sì? Non era troppo sicura che l'avrebbe fatto. Eppure, temeva che avrebbe potuto. Perché non era solo il Signore che aveva rubato degli sguardi in queste ultime settimane. Anche lei lo aveva fatto. Al tavolo da pranzo, quando cavalcavano, quando mangiavano, quando si era unito a loro in una delle loro molte lezioni, quando riferiva con i suoi servi. Anche lei, lo guardava. Non poteva negare che più vedeva la bontà del conte, più trovava i suoi sentimenti per l'uomo sempre più forti.

Si congelò quando arrivò alla stalla e lo vide aspettare nei suoi abiti di equitazione, il suo cavallo sellato, accanto al proprio cavallo sellato, Frey, un cestino da picnic in mano.

Disposta a camminare con grazia, fece proprio questo e lo raggiunse in men che non si dica.

"Mio signore, è una bella giornata per una cavalcata, non siete d'accordo?"

"Infatti. Avevo appena deciso di farne una io stesso, quando le ragazze mi hanno informato che le avevate congedate per una cavalcata."

Non c'era alcun rimprovero nella sua voce, ma lei sentì comunque il bisogno di spiegarsi. Finalmente lo guardò e trattenne il suo sguardo gentile. "Abbiamo appena finito le guerre napoleoniche e abbiamo fatto molto in geografia in passato. Ho pensato che sarebbe stato bello farle giocare come ricompensa per essere state così attente durante le lezioni."

"Avete pensato bene. Spero che non vi dispiacerà andare insieme?"

La sua voce aveva qualcosa che non riusciva a decifrare. Sembrava essere appeso in aria, solo in sua attesa per catturarlo. "Certamente no. Sarebbe un onore, mio signore."

Le fece un caldo sorriso... di quelli che le facevano vibrare la pancia e le davano sensazioni di formicolio sotto la pelle. "Vi assicuro che l'onore sarebbe mio."

Con il cuore che sbatteva forte contro le costole, fece un piccolo inchino e si è avvicinò al suo cavallo. Non dandogli la possibilità di offrirsi di aiutarla, mise il piede sinistro nella staffa. Le sue mani sulla schiena di Frey, si tirò su e gettò la sua gamba destra sopra il fianco dell'animale. Presto, fu seduta in cima a Frey, comodamente. Prese le redini e le afferrò. Lo fece così velocemente e senza sforzo, che Charles rimase a guardare in soggezione.

Forse avrebbe dovuto comportarsi da signora e offrirgli la sua mano, forse avrebbe dovuto sedersi a cavalcioni. Tuttavia, non aveva intenzione di lasciare che qualcuno le rovinasse il buonumore. Lanciandogli un sorriso che sapeva sarebbe uscito più come un sorrisetto, chiese, "Vogliamo?"

Capitolo 11

Charles si risvegliò dal suo stato di adorazione quando venne colpito dalla sua domanda. "Certamente, andiamo." Rapidamente, consegnò il cesto al suo stalliere e salì a cavallo. Quando fu ben seduto, recuperò il cesto e lo sistemò di fronte a lui.

"Stavo pensando che la riva del fiume sarebbe il posto adatto per un picnic. Cosa ne pensate?"

"Sembra perfetto. Mi piace sempre andare lì. Avete portato qualcosa per le anatre?"

"Sì. L'ho fatto."

"Va bene allora."

Charles annuì, completamente rinsavito dal suo stato di adorazione. Non aveva mai visto una donna montare a cavallo così bene, così abilmente, in tutta la sua vita. Aveva visto Jane cavalcare, un certo numero di volte, ma non aveva mai osservato la sua monta. Era una grande cavallerizza, si muoveva come fosse un tutt'uno con il suo cavallo. Questo poteva avvenire solo con anni di pratica. Anche se non era una cosa totalmente da donne, si trovò ad ammirare il suo spirito, la sua audacia, la sua spensieratezza. Queste facevano parte delle cose che lo attiravano a lei. Si trovò a contrarre un po' della sua spensieratezza.

"Cercate di stare al passo", le disse, e senza aspettare una risposta, prese a calci i fianchi del suo cavallo, Kingston, e se ne andò.

La sentì ridere, prima che finalmente mettesse in moto il suo cavallo. Gli zoccoli sbattevano sul terreno dietro di lui e nonostante le avesse dato una buona distanza, sapeva che sarebbe stata solo una questione di tempo prima che lei lo raggiunse. Glielo lasciò fare, e presto, stava cavalcando al suo fianco.

"Sembra che non ho avuto problemi a tenere il passo", disse mentre si posizionò al suo lato. Si voltò a guardarla e lei gli fece un sorrisetto. Sembrava così felice, e orgogliosa di se stessa, che avesse trovato un riparo in lui. Poi, quando lei gli gettò uno sguardo di sfida e disse:

"Vedete se *voi* riuscite a tenere il passo", cedette in una risatina e la guardò mentre scappava, lasciandolo indietro. Beh, se era questo che voleva fare, lui era decisamente interessato, pensò. Così, anche lui aumentò il ritmo e presto, si trovarono a volare uno accanto all'altra, cavalcando verso la riva del fiume.

Lei lo batté di appena un metro e mezzo, ma lui decise di credere che gliel'avesse permesso. In verità, non aveva usato tutta la sua potenza per cavalcare, tuttavia, pensava che nemmeno lei l'avesse fatto. Quando si fermò, lei cominciò a ridere. Non era una risata beffarda, solo una risata felice, e presto si ritrovò ad unirsi a lei. Le loro voci si mescolavano in dolce armonia, riempiendolo di un appagante stupore.

"È stato meraviglioso", disse mentre si riprendevano. Charles poteva vedere i suoi occhi brillare ancora di gioia.

"Sì. Lo è stato. Dovremmo fare di più. È passato un po' di tempo da quando ho partecipato a una gara." Scese da Kingston e si avvicinò a lei per consegnarle il cesto. Lei lo ricevette e lui procedette a condurre i cavalli ad un albero, dove li legò.

"Di più?" Disse ad alta voce, così che lui l'avrebbe sentita. "Beh, suppongo che mi piacerebbe. Finché non vi dispiace essere battuto da una signora."

Questa volta, rise più forte, il suono delle risate echeggiava attraverso l'aria in questa parte tranquilla della tenuta. Poi, tornò dove lei stava preparando per il loro pranzo, sulla riva del fiume.

"Beh, considerando che ho deciso di andarci piano con voi, preferirei credere di non essere stato battuto."

Lei lo derise e quando lui alzò lo sguardo, la beccò che alzava gli occhi al cielo. "Se dovete credere questo per stare bene con voi stesso, allora fatelo."

Questa donna, questa donna che gli parlava senza paura, era davvero rinfrescante. Si era abituato a ciò nelle ultime settimane e poteva concludere che lo amava!

"È semplicemente la verità, mia signora. Che razza di uomo sarei se vincessi contro una donna in uno sport in cui sono chiaramente più bravo?"

"Un uomo genuino", rispose lei, ma lui sentì la presa in giro nella sua voce. Si accontentò di un piccolo sorriso, senza dire altro. Tranquillamente, lavorarono insieme. Lei stese la coperta, lui aiutò a disporre il cibo. Era un sollievo vedere che il loro pasto non aveva sofferto la loro corsa.

Quando ebbero finito, lei raccolse la piccola ciotola che conteneva il cibo per le anatre, e camminò dolcemente, con grazia, vicino al fiume. Lui la guardò, apprezzando come sembrava in pace qui, come sembrava in sintonia con la natura che circondava la sua casa. Il fiume era quasi al termine di questa grande tenuta. Non era troppo grande, ma abbastanza da fungere da casa a molti pesci e anatre. Il prato verde, che era abbondante nella tenuta, lo circondava, ad eccezione della riva che era spoglia di erbe e arbusti. Su di esso era stato costruito un ponte, a forma di arco con mattoni rossi. Sopra erano stati piantati anche fiori da giardino, che aggiungevano colore. Era stato più per eleganza, che per uso pratico, ma si adattavano al paesaggio. Cominciò a camminare verso di lei in quel momento, i suoi passi cadevano dolcemente sulla terra sotto di loro. Ben presto, la raggiunse e senza dire alcuna parola gli diede la ciotola. Egli prese una manciata di briciole, e con l'altra mano, cominciò a gettarle in acqua.

Entrambi guardavano le anatre starnazzare e lottare per accaparrarsi le briciole. Egli trovò le sue labbra a curvarsi da un capo all'altro del suo viso. Poi, la sentì ridacchiare. Si voltò a guardarla e vide che era raggiante, veramente, splendidamente. I suoi capelli scorrevano dietro di lei, lasciando il suo bel viso nudo da guardare per lui. La studiò come faceva sempre, e vide che era diventata ancora più bella. Non lo aveva ritenuto possibile. Eppure, con il mento in su, gli occhi chiusi, mentre prendeva l'aria fresca di mezzogiorno, era chiaro che veramente, era una bellezza per gli occhi.

C'erano troppe cose da ammirare su Miss Hathaway. E quando tutte queste cose si riunivano in perfetta armonia, un uomo era destinato ad innamorarsi. Nonostante egli non fosse ancora ancora a quel punto, una cosa era certa, era vicino. Dopo aver riflettuto molto sulle parole di Henry, decise che forse, non ci sarebbe stato alcun danno nel perseguire il suo affetto per la signorina Hathaway. Questa era la ragione per cui era lì oggi. Tuttavia, non era ancora sicuro di come iniziare. Era passato così tanto tempo da quando aveva tentato di corteggiare una donna. Non era insicuro per il fatto che Miss Hathaway fosse solo una ragazza di dodici anni, l'ultima volta che ci aveva provato. Si chiedeva se le cose fossero ancora le stesse...questioni d'amore. Quasi rise. Gli affari, li conosceva. Come fare felici le sue figlie, lo sapeva. Tuttavia, come fare in modo che una donna lo amasse? Non ne aveva idea. Eppure, doveva provarci. Doveva.

"Sembra che il tempo a Southwell sia d'accordo con voi."

Aprì gli occhi e continuò a nutrirsi con un sorriso sul viso. "Lo direi anch'io. Temevo che la mia pelle sarebbe stata colpita da un'epidemia, dall'acqua, dall'aria, dal sole, ma ha prosperato. È anche molto tranquillo qui. La tenuta è così elegante e bella. La vostra casa è bellissima, mio signore. E così è tutta Southwell."

Il suo cuore si riscaldò alle sue lodi e sentì un senso di orgoglio costruirsi dentro di lui. Gettò più briciole in acqua. "Grazie, mia signora. Sono contento che vi piaccia qui."

"Questa è la seconda volta che vi rivolgete a me con un titolo che non ho. Non sono una signora, mio signore."

"Tutti qui la pensano diversamente, e anch'io. Capisco che tutti abbiamo il permesso di mantenere i nostri segreti, quindi rispetto i vostri. Forse, vorreste perdonarmi, ma siccome vi comportate come una vera signora, è difficile vedervi come qualsiasi altra cosa."

Lo derise di nuovo. "Non sono una vera signora, mio signore. Molti pensano che io sia troppo forte, troppo avventurosa e troppo intelligente per il mio bene."

Preso alla sprovvista, i suoi occhi si allargarono. "In tutti i miei anni, non ho mai letto dove queste caratteristiche indicano l'opposto di essere una signora. Devo confessare che, all'inizio, temevo che sareste stata troppo da gestire. Specialmente dopo che siete arrivata vestita da uomo e mi avete rimproverato dolcemente per aver dimenticato la vostra presenza. Eppure, ero incuriosito dalla vostra persona e dalle sfide che avreste potuto porre. Oserei dire che non vedevo l'ora e nelle settimane passate, ho cominciato a vedere che è solo una parte di quello che siete e non vi rende meno donna, vi rende solo di più. Non riesco a pensare a un'influenza migliore che vorrei attorno alle mie figlie."

Entrambi si voltarono l'uno verso l'altro e i loro occhi si incontrarono e si trattennero stretti. Nessuno dei due disse una parola, ma lui poteva vederla lottare per le parole. L'aveva lasciata senza parole? Beh, se l'avesse fatto, allora forse c'era speranza per lui, dopotutto. Specialmente con il modo in cui lo guardava in questo momento.

Si schiarì la gola in un batter d'occhio. Pensò che avrebbe distolto lo sguardo, ma non lo fece. Lei semplicemente gli offrì un sorriso brillante e parlò. "Grazie, mio signore. È stata una grande lode, detta da parte vostra."

Divertito, corrugò la fronte sulla questione. "Cosa significa detto da me?"

Allora distolse lo sguardo, restituendo la sua attenzione all'acqua mentre scrollava le spalle. "Mi sembrate un uomo che è la definizione di composto e corretto. Apprezzate l'etichetta e la correttezza, e vedreste che è mantenuta nella vostra casa. Molti uomini come voi non amano una donna come me. Amano le donne che sono morbide, pudiche, rispettose, sottomesse. Non sono quasi nessuna di queste cose."

Egli prese le sue parole e rimuginò su di loro. "Beh, non siete né dura, né irrispettosa, o insubordinata per la cronaca. Siete una donna meravigliosa. Siete gentile, amate e vi preoccupate. Siete vivace e siete feroce. Siete anche adorabile, così bella da guardare, che a volte mi trovo incapace di mettere in guardia i miei occhi. Solo un uomo più debole trascurerebbe una donna come voi."

Evitò il suo sguardo questa volta, perché temeva di aver detto troppo. Quando cominciò a parlare, temette che sarebbe stato un rimprovero morbido, ma sentì il sorriso nella sua voce come chiese "e voi, mio signore, non siete un uomo più debole?"

"Mi piacerebbe credere che non lo sono," rispose. Era quasi un borbottare, ma era certo che lo avesse sentito.

Lei svuotò la ciotola nel fiume e lui svuotò le sue mani. Poi, lei chiese...

"E io vi piaccio?"

Charles inghiottì duramente. Questo era tutto. Se avesse detto di sì, avrebbe potuto offendersi e fuggire. Avrebbe potuto anche scegliere di ritirare i suoi servizi. Se lui avesse detto di no, lei avrebbe potuto sentirsi insultata e lui avrebbe potuto non avere un'altra occasione come questa. I suoi palmi cominciarono improvvisamente a sudare mentre il suo cuore aumentava il ritmo. Aveva bisogno di più tempo per riflettere su questo. Quindi fece la cosa migliore che potesse pensare.

"Qualsiasi uomo con gli occhi e i sensi sarebbe attratto da voi, signorina Hathaway. Siete una donna molto attraente."

Lei abbassò la testa e fece un sorriso mentre si girava. Anche lui si voltò e insieme, tornarono al loro picnic.

Era un buon momento per cambiare l'argomento e indirizzarli verso una discussione più confortevole, così fece. "Parlando delle bambine, come stanno?"

"Stanno bene. Le loro lezioni stanno proseguendo molto bene. Imparano in fretta e sono così entusiaste della vita. Hanno così tanta energia, a volte le invidio. Mi piacerebbe portarle di nuovo nel villaggio, presto. Vi piacerebbe unirvi a noi? Ci siamo divertite così tanto sulle nostre uscite precedenti."

Oh lui lo sapeva. Le ragazze ne avevano parlato molto bene per giorni, proprio come costantemente parlavano bene della loro governante. "Così ho sentito. Lo prenderò in considerazione. Se non avrò fretta, mi unirò al vostro gruppo."

Lei annuì e lui continuò, la sua mano piegata dietro di lui. "Sono infatuate di voi, sicuramente, lo sapete."

"Sì. Si sono insinuate nel mio cuore e hanno preso una residenza permanente. Occupano così tanto spazio, temo se ne avrò per gli altri."

Ciò gli piacque, gli piacque così tanto sapere che lei adorava le sue figlie, proprio come loro adoravano lei. Sarebbe stata una buona madre per loro. Ne era certo. Aspetta... aveva appena pensato di fare di Miss Hathaway sua moglie? Beh, pensava che se l'avesse corteggiata, prima o poi sarebbe diventato un matrimonio. Forse gli avrebbe detto da cosa era scappata.

Alla fine raggiunsero la coperta e si stabilirono su di essa. Poi, lei cominciò a servire. La guardava mentre lavorava, in silenzio, meticolosamente. Era così aggraziata, così graziosa. Quando ebbe finito, si rilassò, e lui prese la sua tazza di tè. Bevve un sorso, poi continuò la conversazione.

"E ce ne sono stati... altri? Ci saranno?"

Annuì. "Ci sono stati. Se ci saranno? Non lo so. Ero fidanzata e stavo per sposarmi una volta, sapete. Il suo nome era Albert. Avevo solo diciotto anni e l'avevo amato con un amore così feroce e così integro, temevo che mi avrebbe divorato e distrutto. Qualunque cosa fosse, era destinata a distruggermi, ma non avevo speranze di fare qualcosa al riguardo. Distruggermi, l'ha quasi fatto."

Il suo cuore si spezzò per la tristezza che sentiva nella sua voce. Teneva in mano la sua tazza di tè, e fissava nella tazza, ma Charles sapeva che stava vedendo qualcos'altro, rimembrando un ricordo lontano.

"Cos'è successo?" voleva davvero sapere.

Continuò a guardare nella tazza mentre rispose. "Era impegnato in affari. Molti. Avevo sentito dei sussurri ma li avevo semplicemente ignorati, credendo che non fossero altro che voci maligne, messe in giro da coloro che volevano rovinare la mia felicità. Finché non l'ho scoperto io stessa. Successe ad un ballo, ero uscita per prendere un po' d'aria. Eccolo lì, stava intrattenendo una donna in un angolo nascosto. Non potevo credere ai miei occhi. Ero così scoraggiata. Ciò che lo rendeva più difficile da sopportare era che mi aveva guardato dritto negli occhi, e mi aveva detto che l'avevo causato io. Aveva detto "vi rifiutate di concedervi a me. Sono un uomo e ho dei bisogni. Bisogni che non possono essere rimandati fino alla notte di nozze.""

Si fermò e portò la tazza alle labbra per prendere un sorso. Fu solo allora che lo guardò, le sue labbra curvate in un piccolo sorriso. "Basti dire, che la notte di nozze non è mai avvenuta. Ero così ferita dopo tutto, e mi sono detta che non mi sarei mai sposata. Molti uomini pensano in questo modo. Preferirei vivere una vita da zitella, piuttosto che essere sposata con un uomo che non onorerebbe le sue parole d'amore o i nostri voti."

Charles pensò a quello che aveva dovuto passare. Poteva solo immaginare il dolore. Lo sentiva nella sua voce. Se dopo questi anni, era ancora così fresco, significava solo che aveva amato veramente il bastardo. Un peccato per lui, aveva perso su una grande donna. Una benedizione per Charles. Forse, poteva vincere il suo cuore dimostrandole che esistevano delle eccezioni.

"Ci sono eccezioni, sapete. Non credo che... quell'uomo vi abbia veramente amata. Un uomo che ama veramente la sua donna, ha occhi solo per lei. La rispetterebbe, e non farebbe mai nulla per ferirla. Ci sono ancora uomini così."

“Suppongo che ci siano.” Prese un altro sorso. “Vi considerate quel tipo di uomo, mio signore?”

Non ci pensò. “Sì. Lo faccio. Mio padre, benedetta la sua anima, mi ha insegnato a trattare bene una donna e l'ho imparato. Non nego di aver avuto i miei anni giovanili di libertinaggio. Tuttavia, non ho mai fatto a nessuna di quelle donne promesse, non fino a quando ho incontrato Marilyn. Sapevo che era quella giusta, istantaneamente. Tutte le promesse che le ho fatto, le ho mantenute. Anche dopo che le fredde mani della morte mi hanno liberato da quei voti.”

C'erano voluti tre anni prima che avesse cercato il letto di un'altra donna. Questo era quanto aveva amato Marilyn. Un altro incantesimo di silenzio era stato gettato e senza parole, cominciarono a mangiare. Fu solo dopo che ebbero finito di mangiare, che Jane ruppe l'incantesimo.

“Vi considerate ancora legato a quei voti, visto che non vi siete risposato?”

“No. Non più. Non da molto tempo. Non la dimenticherò mai, ma ho smesso di piangerla molto tempo fa. Non ci sono fantasmi da combattere. Anche se, devo confessare che il pensiero di perdere un'altra moglie per parto mi terrorizza, è una paura a cui ho iniziato a fare guerra. È solo che non ho trovato nessuno che penso possa diventare madre delle mie figlie. O dovrei dire- non avevo. Non per mancanza di donne, vi assicuro. Sono arrivate molte proposte. Anche una manciata di governanti ci avevano provato. Eppure, ero riuscito a vedere attraverso di loro. Nessuna di loro voleva me o le mie ragazze. Volevano semplicemente il titolo e la ricchezza. Io sono il solo conte vedovo, vulnerabile, facile preda.”

Lei ridacchiò e lui sorrise, contento che capisse la sua battuta. “Beh, avete certamente dimostrato loro che non siete questo. Avete cresciuto bene le ragazze, mio signore. Meritano una madre che farebbe altrettanto. Prendetevi il vostro tempo.”

Dondolò la testa mentre le sue parole sedimentavano. Si era preso il tempo, e ora, aveva trovato quella giusta. Sì, sapeva che lei credeva di non voler più avere a che fare con qualsiasi uomo. Ciò poteva rappresentare un problema, ma era disposto a provare. Per la prima volta dalla morte di Marilyn, si ritrovò attratto da questa donna straordinaria. Sarebbe stato un peccato lasciarla andare. Prendendo un respiro profondo, fece il salto finale.

“Ho preso il mio tempo. E credo di aver trovato qualcuno”. Tuttavia, diede una risposta.

“Ha già conquistato il cuore delle mie figlie, e solo poco tempo fa, ha confessato che anche loro hanno conquistato il suo cuore. Anch'io devo confessare che le mie ragazze non sono le uniche Wellington infatuate della loro governante.” Si fermò mentre le prendeva le mani nella sua. I suoi nervi formicolarono mentre la loro pelle si toccava e gli piacquero le sensazioni che il contatto gli inviava, che gli scendevano lungo la spina dorsale. Poi, scrutando i suoi occhi limpidi, continuò;

“Mi avete chiesto se mi piacete, signorina Hathaway. La risposta è sì. Sì, mi piacete. Moltissimo. Mi sono trovato attratto da voi, fin dal momento in cui ho ricevuto la vostra prima lettera. Pensavo che incontrarvi avrebbe risposto al motivo per cui lo fossi. Purtroppo, sono semplicemente sorte più domande, quando ho visto che ero ancora più attratto da voi di persona. In queste ultime settimane, osservandovi, ho imparato che provo qualcosa per voi. Sentimenti che non posso negare, che si rafforzano di giorno in giorno. Mi fate provare cose che non sentivo da così tanto tempo, e anche di più. Se non vi dispiace, signorina Hathaway, vorrei davvero avere la possibilità di corteggiarvi.”

Si diede una pacca sulla spalla mentre finiva. Tuttavia, non fece nulla per calmare il galoppo che sentiva nel petto, non fece nulla per calmare il suo stomaco che sembrava essere capovolto. Temeva che se avesse ascoltato attentamente, avrebbe sentito il selvaggio battere del suo cuore. Avvertì il terrore che stava sentendo mentre aspettava la sua risposta.

La guardò rilasciare un respiro profondo, poi inghiottire duramente. Guardò di nuovo la sua lotta con le parole da dire, proprio come aveva guardato i suoi occhi spalancarsi in soggezione e sorpresa mentre parlava. Eppure, la sua mano rimase nella sua. Non fece alcun tentativo di ritirarla. Questo, gli diede consolazione, speranza. Infine, parlò.

“Beh, suppongo che se succederà, dovrete smettere di chiamarmi Miss Hathaway.” Si fermò e i suoi occhi si gonfiarono alla sua dolce risposta. Potrebbe questo significare quello che stava pensando? Continuò, un sorriso dolce venne rubato sul suo viso. "Jane... Mi piacerebbe molto sapere che mi chiamate così."

Il suo stomaco tornò nella giusta posizione e si ritrovò a sorridere come un bambino. La felicità lo riempì e quando lei lo abbagliò con quel bel sorriso, lui desiderò baciarla ma sapeva che era troppo presto. Quindi si trattenne e si accontentò di baciarle le mani.

"Jane..." disse, testando il nome ad alta voce per la prima volta.

Ridacchiò mentre annuiva. "Sembra bello. Penso che potrei abituarmi."

"Sì. Mi piacerebbe. Vorrei anche che mi chiamaste Charles. Non più vostra signoria."

Questa volta, lei ridacchiò e lui si ritrovò a fare lo stesso. "Anche quando i domestici sono in giro, e le bambine?"

Pensò a questo proposito per i secondi successivi. "Suppongo che lo verrebbero a sapere ad un certo punto. Tuttavia, avete ragione. Forse, terremo i nomi per i momenti privati, come questo."

"Forse", arrivò la sua dolce risposta.

Charles si sentì di nuovo un ragazzo. Queste meravigliose sensazioni lo ricoprirono... si chiese come avesse vissuto senza per così tanto tempo. Mentre egli era consapevole che Jane non aveva fatto alcuna confessione, non era disturbato. Lei aveva accettato di essere corteggiata, egli poteva. Almeno, questo significava che provava un po' di affetto per lui, sicuramente. E il modo in cui lo guardava in questo momento, come se fosse una delle meraviglie del mondo... lo faceva agitare. Incapace di cavarsela, si chinò verso di lei e le fece cadere un morbido bacio sulla guancia sinistra.

Mentre si appoggiava indietro, guardò il calore strisciare sulle sue guance e la soddisfazione lo riempì, che la fece arrossire. Corteggiarla sarebbe stato facile, giusto. L'aveva osservata abbastanza da vicino da sapere cosa le piaceva, e cosa non le piaceva. Le tenderà un'imboscata con rose selvatiche e gigli bianchi. Probabilmente otterrà un Palomino per lei, la porterà in più viaggi al fiume, più corse... qualsiasi cosa, per penetrare nel suo cuore e prendere una residenza permanente, non lasciando spazio per nessun altro.

Sistemarono poco dopo e tornarono a casa in men che non si dica. Questa volta, esortarono i cavalli a trottare lentamente e caddero in un facile cameratismo, discutendo di tutto e niente. Tra risate, risate e morbide risate, Charles cominciò a vedere quanto aveva fatto bene a fare questo passo.

Charles sapeva di dover ringraziare Henry per questo e fece un appunto, per dare al vecchio uomo un giusto apprezzamento.

Capitolo 12

Quando Jane era salita su quella carrozza, vestita da uomo e diretta verso una destinazione sconosciuta, da sola, per la prima volta nella sua vita, aveva considerato molte cose. Tuttavia, non aveva mai considerato di essere corteggiata dal suo datore di lavoro. Certamente no. Quel pensiero, non aveva mai attraversato la sua mente. Ora, eccola qui, ad inalare le fresche rose selvatiche che aveva consegnato alle sue stanze questa splendida mattina, immergendosi nel loro inebriante profumo. Si sentiva nuova, fresca, come una bambina, rinata. Una bambina che stava vivendo le meraviglie della vita per la prima volta: primavera, autunno, inverno, amore. Era una sensazione meravigliosa e nonostante quanto fosse stata stanca all'inizio, non poteva fare a meno di godere di questo processo di donazione del suo cuore ad un uomo la cui iniziativa era fatta unicamente di bontà. Del tipo che non molti possiedono.

Sospirò mentre cercava un vaso da riempire con i fiori. Ne aveva sei in totale ora, per sei giorni di beatitudine, da quando aveva accettato di essere corteggiata sulla riva del fiume. Gigli, rose, margherite, li aveva ricevuti ogni mattina, appena raccolti dal giardino. Ogni giorno, Charles trovava tempo da trascorrere con lei. Senza le bambine, i domestici, solo loro due. Durante questi incontri, discutevano di un certo numero di cose e ogni giorno, aveva modo di conoscere il conte di Southwell, un po' meglio. Aveva una sorella che era sposata e aveva dei figli, e viveva a Londra. Erano orfani, ma si erano mantenuti in contatto. Aveva anche diversi cugini, la maggior parte dei quali con cui comunicava, e con cui aveva anche fatto affari. Il conte era un uomo d'affari. Investiva in proprietà, miniere e aziende che erano piccole, ma manteneva le sue promesse. Insieme ai soldi di famiglia, ne aveva più che a sufficienza, risparmiati per le generazioni a venire. Era un uomo nobile, del tipo che suo padre avrebbe approvato, senza dubbio. Tuttavia, non era questo il motivo per cui stava con il conte e lei non aveva mai voluto dargli motivo di credere il contrario.

Questa era la ragione per cui aveva deciso di tenere la sua verità per sé, fino a quando avesse saputo che fosse stata abbastanza sicura per dirgli tutto. Aveva menzionato le governanti che avevano cercato di sedurlo, aveva sentito il disgusto nella sua voce mentre parlava dei cercatori d'oro. Se avesse sentito la sua storia, sicuramente, avrebbe pensato di lei allo stesso modo. Beh, lei poteva sempre dirgli della sua eredità, ma non conosceva molti uomini a cui piaceva venire a conoscenza che la donna che corteggiavano fosse ricca. Era una soluzione, in effetti, ma non voleva pensarci. In questo momento, voleva semplicemente crogiolarsi nella beatitudine di questo nuovo amore che aveva trovato con Sua Signoria.

Quando lui le aveva detto dei suoi sentimenti quel giorno benedetto sulla riva del fiume, lei aveva sentito una miriade di emozioni che l'avevano colpita in una volta sola. Trepidazione, incredulità, felicità, speranza. Sì, era sentita privata della sua capacità di parlare. Fortunatamente, l'aveva ritrovata, prima di mettere in ridicolo la sua persona. La sua reazione iniziale era stata di dire no. Ironia della sorte, le sue labbra sapevano quello che il suo cuore voleva veramente, nonostante tutte le campane d'allarme che le erano esplose in testa. Così, aveva aperto la bocca, e si era sentita dare un'affermazione alle sue suppliche.

I ricordi tornarono di corsa mentre raccontava i momenti che avevano condiviso da allora. Dalle passeggiate a cavallo di notte, ai picnic di mezzogiorno, e i suoi regali mattutini... il modo in cui la osservava con uno sguardo così intenso, il modo in cui le sue labbra indugiavano quando le baciava le guance e le mani. Tutto questo l'aveva riempita di un fuoco in cui si era ritrovata a bruciare, ogni volta che egli era vicino, ogni volta che la toccava. Sapeva cosa significasse tutto ciò, si stava innamorando di Charles Wellington e, per quanto lei volesse, non c'era niente che si potesse fare al riguardo, tranne godersi la caduta libera, e sperare in Dio che la prendesse quando avrebbe raggiunto il fondo della scogliera.

Una colpo suonò alla sua porta, riportandola alla realtà. Guardando il piccolo orologio da tavolo accanto al suo letto, si rese conto che erano passate le otto da pochi minuti. Senza dubbio, li aveva fatti aspettare. Si alzò in fretta e sistemò il vestito che aveva scelto oggi. Un colore giallo tenue, l'ombra di un girasole. Come tutti gli altri suoi abiti, era semplice e privo di decorazioni frivole.

Il colpo si sentì di nuovo, e questa volta, disse. "Chi è?"

Le rispose una voce debole che riconobbe essere di Nancy. "Sono io, signorina Hathaway. Sua Signoria e le ragazze vi stanno aspettando al tavolo da pranzo. Sono stata mandata a prendervi."

Jane non disse nulla mentre raccolse le lettere che aveva scritto per Abigail e i suoi genitori, e si diede un ultimo sguardo allo specchio. Poi si avvicinò alla porta e l'aprì. La cameriera cadde in un brusco inchino che Jane trovò terribilmente inutile, ma mantenne la testa rivolta al suolo mentre si rivolse a lei.

"Mi scuso per il disturbo. Ho semplicemente perso la cognizione del tempo. Mi unirò a loro immediatamente."

Nancy annuì e si mise in cammino. Jane la seguì e presto si unirono a Charles e alle ragazze nella sala da pranzo. Gli sguardi che il personale scambiava ogni volta che lei e Charles erano insieme, le dicevano che tutti sapevano della loro storia d'amore. Henry in particolare, sembrava sempre avere un sorriso segreto sul suo viso. Divertente, la ragione di quel sorriso non era molto un segreto. Questo la infastidiva? Un po'. Non voleva che il personale pensasse a lei come a una che era venuta a sedurre il loro signore e ci stava riuscendo. Ciò significava semplicemente che doveva stare attenta al modo in cui si presentava, in modo da non dare adito a tali pensieri.

Mormorò i suoi saluti e le sue scuse mentre si univa a loro, e arrossì quando Charles si alzò per tirarle fuori la sedia. Sempre un gentiluomo, pensò tra sé e sé. Quando la trattava in questo modo, come se la vedesse davvero, tutte quelle preoccupazioni svanivano.

Con un sorriso che tradiva la gioia che sentiva nel suo cuore, si sistemò e si unì a loro per una deliziosa colazione.

• • • • • • • •

Nei giorni che passarono, le cose continuarono ad andare molto bene tra Jane e il suo signore. Si erano avvicinati, il loro amore era diventato più forte, tutte le sue paure erano state placate e le bambine avevano dato la loro approvazione. Sembrava che la vita non potesse migliorare ulteriormente. Jane era felice, Charles era euforico. Tutti in casa erano felici di vedere il loro signore sereno e innamorato di una donna meravigliosa come Jane. Era risaputo che le campane nuziali avrebbero presto suonato per il conte e la sua signora. Tuttavia, le rose vennero con le spine e le spine di Jane la punsero una bella sera, nell'ultimo modo immaginabile.

Quella sera, rimasero in comodo silenzio sulla riva del fiume, a guardare l'acqua e le anatre, fino a quando il cielo si oscurò e le stelle cominciarono a sbirciare oltre le nuvole. Erano stati lì per ore, trascorrendo il loro solito tempo insieme in entrambi i loro posti preferiti, e fu allora che Jane capì che le gambe e i piedi cominciavano a farle male.

La sua voce penetrò attraverso l'aria della sera, rompendo il fragile silenzio. "Penso che faremmo meglio a tornare ora. Le ragazze si saranno svegliate ore fa e ci staranno cercando."

"Sì. Avete ragione. Bontà. Non mi ero reso conto che fosse passato così tanto tempo. Immagino che sia così quando lo si passa con qualcuno di speciale."

Il calore le strisciò sulle guance, tinte di rosa, per l'ennesima volta quella sera. Grata che egli non potesse vederlo sotto il cielo stellato, seguì la sua guida fino ai loro cavalli. Lo lasciò aiutarla a salire sul suo cavallo. Mentre le sue mani erano intorno alla sua piccola vita, trattenne il respiro. L'attrito che il suo tocco aveva causato, aveva inviato formicolii attraverso il suo corpo. Determinata a non tradire nulla, tenne il suo volto inespressivo mentre si metteva in equilibrio sul cavallo e prendeva le redini.

Lei aspettò fino a quando lui fosse sul suo cavallo. Poi, iniziarono il loro viaggio di ritorno a casa. Senza dire una parola, fecero una corsa e quando arrivarono alle stalle, ridevano ad alta voce, e attraverso le risate risuonava la loro felicità. Lei rimase sul suo cavallo mentre lui scendeva dal proprio. Quando si avvicinò al suo lato, lei lo lasciò volentieri aiutarla a scendere.

L'attrito che si era verificato sulla riva del fiume si presentò di nuovo mentre il suo corpo scivolava giù per il suo. Si congelò all'intimità, al puro piacere che stava provando dal tatto del suo piccolo corpo morbido, contro il suo duro, alto corpo. Le sue mani si posarono sulle sue spalle mentre i suoi piedi toccavano il suolo. Era dolorosamente consapevole delle sue braccia avvolte intorno alla sua vita. Egli la strinse a lui, come lei lo teneva. I loro respiri si mescolavano, come l'aria dalle sue narici soffiava il suo volto.

Non erano mai stati così vicini. Mai. Ed ora, in questo momento, la sua mente era troppo confusa per sopportare un pensiero ragionevole. Tutto quello a cui riusciva a pensare mentre fissava i suoi occhi verdi, il suo bel viso, sotto il chiaro di luna che ora splendeva sopra di loro, era la minaccia che le aveva dato prima. Egli scrutò i suoi occhi come lei fece i suoi. E quando i suoi occhi si abbassarono sulle sue labbra, i suoi fecero lo stesso. Il suo cuore le balzò nel petto, la sua pelle si bruciò, e si chiedeva se avrebbe tenuto fede alla sua minaccia adesso.

Gli dei sembrarono essere dalla sua parte, perché in quel momento, egli cominciò ad appoggiarsi, avvicinandoli più di quanto già non fossero. I suoi occhi si chiusero, e lei si ritrovò chinata, per accogliere il suo bacio. Il suo cuore ormai era impazzito, come un cavallo selvaggio, ma non le importava. Non importava se lei credesse che lui potesse sentire il ritmo folle, voleva solo che lui la baciasse. Aveva baciato un solo uomo per tutta la sua vita, Albert. Era stato dolce, gentile e aveva sentito un fiore sbocciare dentro di lei. Non poteva fare a meno di chiedersi come sarebbe stato il bacio di Charles.

Immediatamente si mise in guardia. Perché pensava al bacio di Albert quando era tra le braccia di un altro uomo? Oh ma cosa stava aspettando Charles? Doveva solo baciarla! Sicuramente, non ci voleva così tanto tempo? Poteva sentire il suo volto. Si chiedeva se stesse aspettando lei per fare la mossa... il pensiero si appellava a lei. Doveva solo sporgersi in avanti. Sarebbe stato meglio che rendersi ridicola in questo modo. Stanca, sospirò e decise di aprire gli occhi. Proprio mentre tentò di farlo, sentì le sue labbra toccare le sue.

I suoi occhi si spalancarono mentre lui la colse di sorpresa. Dopo un secondo essi svolazzarono vicino, chiudendosi ermeticamente. La sua bocca non si muoveva. Semplicemente stringeva le sue labbra. Il Signore non sapeva baciare? Forse erano passati quattro anni, ma si ricordava come baciare, fin troppo bene. C'era sempre movimento, vero?

Stai pensando troppo, Jane. Arrenditi e lascia perdere. Ascoltò la voce nella sua testa e quando cominciò a rilassarsi, la tensione la lasciò, le sue spalle rigide caddero. Lui doveva averlo percepito, perché la tirò ancora più vicino, e cominciò a muovere le labbra. Sorrise, felice di ottenere finalmente quello che voleva. Quindi, il conte sapeva baciare dopo tutto.

Lentamente, si unì alla danza delle labbra. Fu un bacio dolce, gentile, come l'uomo che era Charles. Erano coperti da Frey, ma sapeva che chiunque li avesse visti avrebbe saputo esattamente cosa stavano facendo. Beh, non le importava. Muovendo le mani per incorniciare il suo viso, anche lei lo avvicinò e bevvero l'uno dalle labbra dell'altra, come faceva un'ape con il nettare... e si diedero l'un l'altra. Lentamente, i suoi nervi cominciarono a sparare come un milione di piccoli fuochi d'artificio, fino a quando fu ubriaca di tanta energia. Il suo piacere cominciò a nascere, e fece un sospiro sognante. Poi un ringhio basso suonò e lei sentì il momento in cui il tempo iniziò a cambiare. Le sue mani si spostarono dietro la sua testa e si tirarono indietro, in modo da potersi immergere in lei da un angolo migliore. Un'angolazione da cui poteva affogarsi completamente nel suo gusto.

Purtroppo, il destino aveva altri piani per loro, perché in quel momento, qualcuno si schiarì la gola accanto a loro. Rapidamente, si allontanarono e Jane cercò la fonte dell'interruzione. Quando incontrò gli occhi scintillanti di Henry e il suo sorriso, sentì le sue guance aggrovigliate in un sorriso. Solo che il suo aveva un pizzico di imbarazzo.

Charles fece un passo indietro e anche lei si allontanò quando fu in piedi.

"Mio signore, Miss Hathaway." Si inchinò ed entrambi annuirono in segno di riconoscimento. Regalmente, Henry si alzò e continuò. "Perdonami. Non volevo interrompere. Tuttavia, c'è una questione urgente. Ho calcolato che avreste voluto sapere che vostro cugino è appena arrivato. Una settimana prima di quanto aveva dichiarato nella sua lettera, e ha portato con sé un amico."

Il cugino di Charles aveva detto che stava arrivando? Bene, non che lei si aspettasse che glielo avesse detto. Teneva le labbra strette mentre guardava la reazione di Charles. Le sue labbra ancora formicolavano dal bacio che avevano appena condiviso, e rimpianse l'interruzione. Il conte sembrava abbastanza preso alla sprovvista. Ma non così terribilmente.

"Benjamin è qui?"

"Sì. È appena arrivato."

"Oh. Ma non siamo pronti a riceverlo. La sua camera non è stata pulita o arieggiata e ha portato un amico? Perché si è presentato così senza preavviso? Sicuramente, avrebbe potuto mandare un messaggio?"

Henry condivise uno sguardo esasperato con Jane e lei cercò di soffocare la sua risata. "Forse, potreste volergli fare tutte queste domande di persona, mio signore? Sta aspettando nell'atrio."

"Sì. Avete ragione. Dovrei andare a incontrarlo. Dite a Jason di riportare i cavalli ai loro recinti. Jane, venite con me."

Jane era troppo occupata a lasciarsi trasportare dalle espressioni di Henry e dal comportamento di Charles, che non lo aveva sentito. Così, quando vide le sue mani tese verso di lei, guardò in alto in confusione.

"Venite con me. Dovete conoscere mio cugino. Lo amerete. Eravamo inseparabili da bambini."

"Hmm... beh, cosa posso dire? Entrambi avete causato più danni delle piccole principesse."

Jane ridacchiò. Ora, sapeva da dove avevano preso il loro spirito. Decidendo di prenderlo in giro più tardi, chiese qualcosa di molto più importante.

"A proposito delle ragazze, come stanno? Sembra che siano passati secoli dall'ultima volta che le ho viste."

Henry sorrise a ciò. "Credo che avevano detto qualcosa, per quanto riguarda voi, appena un'ora fa. Sono con Nancy nella sala dei domestici... stanno colorando, credo. Sono belle e sane. Hanno appena cenato, e voi due non c'eravate, tra l'altro. Hmm..." guardò da lei a Charles e tornò da lei.

"Facile capire il perché. Per favore, non dovete far aspettare i vostri ospiti a causa di un vecchio servitore come me. Farò in modo che i cavalli siano riportati ai loro recinti." Si inchinò di nuovo e Jane scosse la testa con affetto verso di lui. Henry era un'altra cosa, del tutto. Charles sembrava d'accordo perché anche lui scosse la testa quando lo guardò.

"Tutti questi anni e si potrebbe pensare che mi sarei abituato ai suoi modi. Eppure, riesce sempre a stupirmi. Venite. Aveva ragione, non dobbiamo far aspettare i nostri ospiti."

Le prese le mani e lei lasciò che la riportasse in casa.

"Non posso immaginarvi commettere atrocità quando eravate più giovane", lo prese in giro, affrontando l'argomento della sua infanzia, mentre trovavano la strada per la sala. Voleva sapere il più possibile di quest'uomo.

Egli rise alle sue parole. "Sì. Sembra sia stato così tanto tempo fa, come se fossi una persona diversa. Suppongo che sia quello che fanno gli anni. Io e Benjamin, nonostante il fatto che è più giovane, abbiamo causato così tanti disordini che dovevamo essere bloccati. Quelli erano bei giorni. È come il fratello che non ho mai avuto."

La sua predilezione per suo cugino era così evidente nella sua voce, e Jane si trovò desiderosa di incontrare questo Benjamin. Guardò verso il basso le loro mani unite. Era consapevole del messaggio che sarebbe passato? Beh, forse lo era e voleva trasmettere esattamente quel messaggio. La prospettiva di ciò, aveva scaldato e sfocato il suo sentimento e un sorriso segreto si era fissato sul suo volto. Tuttavia, mentre entravano nell'atrio e entravano in contatto con i due uomini che stavano lì ad aspettarla, quel sorriso le si staccò immediatamente dal viso e si ritrovò, a togliere la sua mano da quella di Charles.

Purtroppo, l'oggetto del suo shock catturò quel movimento e quando guardò fino a vederla, il riconoscimento illuminò i suoi occhi, poi sorpresa, poi sorrise. Jane sentì un sacco di mattoni colpirla mentre i ricordi tornavano di corsa.

Che ci faceva qui?

Capitolo 13

Mentre Jane stava lì, cercando di non tradire lo shock che provava, pensò a quanto sarebbe stata divertente questa storia, quando l'avrebbe raccontata ad Abigail nelle sue lettere. Chi avrebbe mai pensato che, dopo tanti anni, avrebbe incontrato l'uomo che le aveva spezzato il cuore, nella casa dell'uomo che stava cercando di ripararlo?

"Cugino! È bello vedervi! Spero che siate felice di vedermi come lo sono io di vedere voi," un uomo, che lei immaginò fosse Benjamin, intervenne come aprì le braccia per un abbraccio. La sala era stata illuminata da diverse lampade a gas appese alle quattro pareti, quindi era abbastanza facile vedere ogni uomo correttamente e le loro espressioni facciali.

Un enorme sorriso si infilò sul volto di Charles mentre si avvicinava per accettare l'abbraccio di suo cugino. I due uomini ridevano di cuore mentre si abbracciavano e si aggrappavano. Un momento dopo, l'abbraccio fu spezzato ed entrambi fecero un passo indietro per osservarsi l'un l'altro.

"Benjamin Leighton! Sono certamente felice di vedervi, caro cugino, nonostante le circostanze. Qual è la storia questa volta? Non vi aspettavamo prima di una settimana."

L'altro uomo che era alto come Charles, ma aveva una corporatura più robusta alzò le spalle. La sua voce non era così profonda come quella di Charles. "Perdonatemi. Le cose sono successe così in fretta. Non avevo altra scelta che venire qui senza preavviso. Non c'era nessun altro posto dove andare, dato che ero già troppo lontano dal Mastio dei Maestri per tornare a casa. Questo era il miglior posto dove potessi venire."

"Tutto perdonato. Siete sempre il benvenuto in questa casa, lo sapete. Tuttavia, avreste dovuto mandare prima un avviso con un cavaliere. È piuttosto tardi e la vostra camera non è stata pulita o arieggiata."

"Sì. Avete ragione. Purtroppo, non avevo nessun uomo da sacrificare e veramente, il pensiero non mi è venuto in mente. Le camere possono essere ventilate sufficientemente bene domani. Datemi solo una camera pulita con un buon letto per appoggiare la schiena, e sarò più che felice di andare a dormire."

Jane rimase in silenzio mentre guardava lo scambio. Ci volle tutta la sua forza di volontà per ignorare il terzo uomo nella stanza, e concentrarsi su Charles e suo cugino. Suo cugino sembrava essere un uomo diverso. Questo, era ciò che poteva dire. A differenza di Charles, non era completamente rasato. Aveva la barba e i baffi, anche se li teneva bene. I suoi capelli rossi erano una lunga massa di riccioli che gli sventolavano in faccia, fino alle spalle dove riposavano. C'era qualcosa in lui che le diceva che quest'uomo era pericoloso. Non in modo malvagio... ma nel modo di un uomo che si considerava una benedizione per le donne. Non poteva biasimarlo su questo, era veramente piacevole per gli occhi. E per quanto riguardasse il suo compagno, beh... uccelli di una stessa piuma fanno stormo insieme.

"Presumo che il viaggio sia stato duro e difficile. Avrete più di una camera pulita e un letto, cugino. Dovreste fare un bagno caldo, voi e il vostro amico. Temo di dovervi intrattenere per un po' nel mio studio, mentre i domestici preparano la vostra camera e il bagno. In primo luogo, però, vorrei incontrare il vostro amico. Devo confessare, non credo di aver avuto l'onore di fare la sua conoscenza."

Il cuore di Jane affondò quando tutti si voltarono a guardare il terzo uomo, e lui si fece avanti. Aveva sentito i suoi occhi su di lei per tutto questo tempo e ora, quegli occhi trattennero brevemente i suoi, offrendole un sorriso segreto, prima di guardare il signore della tenuta.

"Sì, Charles. Non lo avete incontrato. Ci siamo conosciuti recentemente, ma siamo diventati buoni amici. Un grande compagno di viaggio, egli è... un brav'uomo. Credo che lo troverete piacevole."

Jane alzò quasi gli occhi al cielo. Si chiedeva se Charles conoscesse i metodi di suo cugino... se li approvasse. Aveva detto che Benjamin era più giovane e avevano cognomi diversi, doveva essere un cugino da parte di sua madre. A parte questo, c'era qualcosa di brutto nel loro improvviso arrivo.

L'attenzione di Charles si spostò da suo cugino

all'altro uomo, e finalmente parlò.

"Turley, mio Signore. Albert Turley. Devo confessare, l'onore di fare la vostra conoscenza è mio. Ho sentito tante belle storie su di voi."

Aveva ancora quel sorriso malaticcio, pensò Jane mentre lo guardava allungare una mano per una stretta di mano. Charles la prese e si strinsero le mani con fermezza. Sua Signoria fece una piccola risata.

"Tutte belle storie, spero. Mio cugino non è conosciuto per aver sempre detto la verità su di me."

Jane sorrise a ciò. Spesso si divertiva a vedere questo lato allegro di Charles. Benjamin fece una forte risata in risposta mentre i due uomini si lasciavano andare.

"Se sono buone storie, allora sono sicuramente bugie. Sono un uomo d'onore, caro cugino. Mi dispiace di non poter dire bugie, nemmeno per il vostro bene." Si fermò mentre si rivolgeva a Jane e gli altri seguirono l'esempio. I suoi nervi si agitarono alla nuova attenzione, al pensiero che avrebbe dovuto presentare correttamente Albert Turley ora. Si chiedeva cosa avrebbe detto, se avrebbe raccontato del loro precedente rapporto. Naturalmente, a lei non interessava. Non aveva niente da nascondere.

Quando guardò negli occhi caldi di Benjamin, si trovò a sviluppare un calore platonico per l'uomo. "Ora che avete conosciuto il mio amico, dovete presentarci questa bellissima damigella. Non ho ricevuto notizie del vostro matrimonio, caro cugino. Pensavo che fossimo più in confidenza." I suoi occhi brillavano di fascino, e Jane poteva vedere come fosse un seduttore di successo. Con l'aspetto e il fascino, era facile vedere come le donne non avevano possibilità con lui.

Si ritrovò a sorridere calorosamente in cambio, mentre aspettava che Charles facesse le presentazioni. Di sicuro, l'avrebbe presentata come quella che era, e non di più, la sua governante.

"Benjamin, Turley, voglio presentarvi la governante delle mie figlie e la donna che sto corteggiando, la signorina Jane Hathaway."

Cosa? Jane si chiese, in soggezione. Non se lo aspettava.

Benjamin sembrò mettere il broncio, ma sparì in un istante. "Niente matrimonio allora, ma, qualcosa di vicino! Dico che è finalmente arrivato il maledetto tempo. Sono felice per voi, cugino. E lei è bella come poche. Fidatevi di voi per strappare sempre le più belle." Abbassò la sua metà superiore in un inchino regale e poi Jane si ritrovò a ridacchiare mentre le prendeva le mani per un bacio. Non sentì nulla al tocco delle sue mani, né delle sue labbra. Basti dire che Charles era l'unico uomo che aveva quell'effetto su di lei.

Come Benjamin si alzò, l'abbagliò con una dentatura perfetta. "Piacere di fare la vostra conoscenza, signora. Piacere. Siete veramente una bellezza."

Stava flirtando con lei, senza dubbio e quando sentì Charles schiarirsi la gola accanto a lei, quasi rise. Sapeva come trattare gli uomini come Benjamin. Non era un problema. "E voi, mio signore, siete piuttosto bello. Vi suggerisco di tenere a bada il fascino però. Non sono come tutte le altre donne che riuscite a condurre al vostro letto, e non sarò la ragione per un duello tra cugini."

Tutti nella stanza risero e lei si trovò a sorridere. Forse, Benjamin non era così male come il suo compagno. Sembrava un uomo che avrebbe mostrato tutte le sue carte fin dall'inizio, non ingannando e ferendo le donne con una falsa proposta e ammissione di false emozioni.

"Non sareste la prima del vostro genere, e credo che siate una donna per cui valga la pena ricevere una pallottola", rispose facendo un passo indietro.

"Preferirei che lo evitassimo, mio signore. Mi dispiace, non sono del tutto consapevole del vostro titolo, per rivolgermi a voi in modo appropriato."

"Benjamin va bene. Io non sono un uomo di tali formalità. Tuttavia, sono un conte, proprio come mio cugino qui. Mio padre era il fratello maggiore di sua madre. Mio nonno, organizzò il matrimonio tra lei e suo padre."

Jane annuì e borbottò un ringraziamento per l'informazione. Poi, il momento che aveva temuto, arrivò. Albert si avvicinò a lei. L'ultima volta che aveva sentito di lui, suo padre gli aveva dato una piccola terra per diventare visconte, poiché suo fratello maggiore aveva ereditato il ducato. L'ultima volta che l'aveva visto, sembrava più giovane, senza preoccupazioni. Ora, mentre lo guardava, poteva vedere lo stress e le linee di tensione sul suo volto, apparentemente causate dalla preoccupazione. Portava i capelli castani più corti ora. Teneva ancora i suoi baffi sottili e la barba, i suoi occhi erano ancora del blu che l'aveva ferita tanti anni fa. Non era cambiato molto, sembrava solo più vecchio, cosa da aspettarsi, anche meno bello... si chiedeva se si potesse dire lo stesso per l'uomo che era dentro. Se fosse cambiato, in meglio o in peggio.

Trattenne il suo respiro mentre lui apriva la bocca per rivolgersi a lei, un cattivo luccichio nei suoi occhi, un sorrisetto sulla sua bocca. "Signorina? È così ora? L'ultima volta che ci siamo incontrati, eravate ancora una signora, o anche vostro padre è riuscito a perdere il suo titolo?"

Questo rispose alla sua domanda. Se quest'uomo fosse cambiato, era sicuramente in peggio. La sua testa suonò campane d'allarme e lei cercò furiosamente un modo per porre rimedio a questa situazione. Se Albert conosceva così tanto della sua famiglia, cosa che lei era certa, non poteva sopportare che lui rivelasse tutto a Charles. Come minimo, voleva quell'onore. Scegliendo di non dargli la soddisfazione di vedere la sua angoscia, assunse un atteggiamento calmo. Freddamente, rispose.

"Lord Turley. Che coincidenza vedervi qui. L'ultima volta che ci siamo incontrati, aspiravate ancora a diventare conte, almeno. Ho sentito che siete diventato visconte... per una terra con quasi niente, nulla di meno? L'ho sentita descrivere come sterile?"

La sua facciata cadde e lei sentì la soddisfazione che non era stata disposta a concedergli. Egli si riprese abbastanza rapidamente e le restituì il suo sorriso finto. "Siete ancora più bella di quanto ricordassi. E ancora più arguta e acuta."

"Grazie. Vorrei poter dire che gli anni sono stati gentili anche con voi. Tuttavia, non sono incline alla falsità", disse in cambio.

Albert stava per rispondere, ma Charles si schiarì la gola, interrompendo la conversazione che stava rapidamente diventando mortale. Guardò da lei ad Albert e Jane sentì la domanda prima che la facesse.

"Voi due vi conoscete?"

Mantenendo ancora il suo atteggiamento calmo, rispose. "Beh, pensavo di averlo fatto. Stavo per sposarlo, dopotutto. Ringrazio Dio che mi ha aperto gli occhi e mi ha fatto vedere quanto mi sbagliavo." Guardò Albert per un po' prima di rivolgersi a Charles e Benjamin con un sorriso genuino sul suo volto, per loro.

"Benvenuti, entrambi. Anche se, non ho alcun diritto in quanto non sono la signora della tenuta. Tuttavia, il Signore mi ha portato per accogliere i suoi ospiti e così devo. Vado a vedere se riesco a trovare qualche servitore per preparare le vostre stanze e preparare la cena. Devo anche controllare le ragazze. Dovete essere così stanco

per il lungo viaggio e vi abbiamo tenuto in piedi per troppo tempo. Se volete scusarmi, lo farò...” Lei tagliò la testa al toro e Charles annuì. Mentre si girava per andare, Benjamin la fermò.

“Le ragazze. Sì. Questo me le ha fatte ricordare. Come stanno le mie zucchine? Subdole come lo zio?” poté sentire l'adorazione nella sua voce e il suo rispetto per lui crebbe. Ma poi, chi non amerebbe dei fasci di sole?

“Sì. Nei confronti delle persone giuste. Le incontrerete domani. Temo che sia già abbastanza tardi. Ora mi congederò.”

Questa volta aveva già girato quando Charles le prese il polso, tenendola al suo posto. Lei rimase così mentre lui abbassò la testa e le bisbigliò.

“Dite loro il mio amore. Sarò lì tra poco per dare loro il bacio della buonanotte.”

Lei annuì e fece di nuovo per andarsene, ma lui la fermò ancora. “Jane, grazie.”

Che fossero le sue parole e sapesse cosa significavano, o semplicemente fosse influenzata dalla sua vicinanza, lei si sentì indebolita e la sua facciata si crepò. Riuscì ad annuire di nuovo, incapace di dire nulla. Questa volta, quando se ne andò, nessuno la fermò.

Solo dopo aver messo le ragazze a letto ed essersi sistemata per la notte, si permise di pensare alla presenza di Albert, a cosa poteva significare per lei... e questo rapporto fiorente con Charles. Quella notte, scrisse ad Abigail.

Capitolo 14

Jane stava lavorando nel suo nuovo giardino. Charles aveva dimostrato di essere un uomo di parola e poco meno di una settimana dopo, aveva concluso che non poteva continuare a riempire la sua stanza di fiori. Così eccola qui, a trasferirli tutti nel terreno, dove avrebbero potuto sbocciare. Ciò le portava tanta gioia nel cuore, il significato di questo momento. Se avesse dovuto andarsene, ci sarebbe sempre stata una parte di lei in questa casa. Il pensiero di ciò, mise la sua anima in uno stato di beatitudine.

A pochi metri da lei, anche le ragazze erano in ginocchio, cercando di piantare fiori. In verità, stavano semplicemente giocando con la terra. Questo era evidente dai loro vestiti sporchi, come le mani e i piedi. Sembravano due adorabili maialini. Anche Nancy era con loro e dovevano star discutendo qualcosa di divertente, dal suono delle loro risate, che riempivano l'aria, di tanto in tanto. Jane pensava che fossero belle da vedere. Avevano insistito per aiutare e anche Charles non era stato in grado di rifiutare- o di avere voglia di farlo, per la cronaca.

Sospirò e si chinò in ginocchio mentre costruiva con successo un altro letto di fiori. Sentendo il sudore sulle sopracciglia, cercò il suo fazzoletto nel reticolo e lo asciugò. Nel momento in cui stava rimettendo al suo posto il suo fazzoletto sentì un'ombra torreggiare sopra di lei.

Anche oggi non c'era il sole, quindi le fu facile guardare in alto e vedere chi fosse. Quando lo fece, alzò gli occhi al cielo.

Albert Turley. Aveva cercato durante la settimana precedente di ottenere un momento da solo con lei, ma lei aveva donato tutti i suoi momenti privati a Charles. Oh sì, Charles ed i suoi meravigliosi dolci baci. Anche ora pensarci illuminavano l'umore che la presenza di Albert stava minacciando di inasprire. Sapeva che stava morendo dalla voglia di parlare con lei. Semplicemente non ne capiva il bisogno. Tuttavia, pensò fosse saggio ascoltarlo. Forse allora, avrebbe smesso di seguirla in giro per la tenuta.

Alzandosi in piedi, si allontanò per andare a lavarsi le mani nel bacino d'acqua che era stato tenuto per il loro utilizzo. Inoltre, voleva portarlo più lontano dalle ragazze.

"Cosa volete, Turley?" Non si preoccupò di nascondere il disprezzo dalla sua voce.

"Allora innanzitutto, parlare con voi. Sembra che mi abbiate evitato fin dal mio arrivo."

"Sono stata solo occupata a fare il mio lavoro. Mi tiene così occupata, sapete," rispose mentre raggiunse il bacino e cominciò a strofinare via lo sporco dalle sue mani.

"Eppure, trovate ancora il tempo per il vostro amante."

"Lui non è il mio amante- per ora. Non che questo abbia alcuna conseguenza per voi. Al di là di questo, non vedo alcun motivo per una discussione tra di noi. Qualunque cosa deve essere detta, è stata detta tutti quegli anni fa al Gran Ballo." Furiosamente, si strofinò le mani, consapevole che stesse usando ciò come sfogo per la rabbia che stava cominciando a nascere.

"Ahh... quel ballo. Non mi avete ancora perdonato per quella notte, vero? Mi ritenete ancora responsabile, mi odiate persino, per aver spezzato il vostro povero, fragile cuore."

Sentì lo scherno nella sua voce, ma rifiutò di essere adescata. Finì di lavarsi le mani e trascinò l'asciugamano che era stato tenuto per loro, per pulire l'umidità. Quando ebbe finito, lo ripose e cominciò a camminare verso il giardino, dove sarebbero stati visti apertamente, e dove avrebbe potuto tenere d'occhio le ragazze. Lui la seguì lo stesso.

"Non vi odio, Albert," continuò. "Semplicemente non mi importa della vostra persona. E sì, mi avete spezzato il cuore, ma sono riuscita a raccogliere i pezzi e a rimetterli a posto in poco tempo."

"Infatti, se quattro anni è un breve periodo per voi. So che non avete considerato pretendenti negli ultimi quattro anni. Devo confessare che è stato davvero uno shock trovarvi qui, a lavorare come governante, e coinvolta non di meno che con un conte. Per una donna che è stata lontana dagli uomini per così tanto tempo, devo ammetterlo, sembra che abbiate un talento naturale in questo. Arruolarsi come governante, sedurre il solo, vedovo conte."

Jane vedeva rosso, ma voleva restare calma. Dopotutto, si sbagliava e cosa importava di quello che pensava di lei? Questo era quello che voleva, che lei perdesse la calma. Non gli avrebbe dato quella vittoria.

Sospirando come se fosse annoiata, riuscì a dire con secchezza, "Se siete venuto a discutere le mie storie d'amore, temo di trovare questa discussione terribilmente noiosa."

Non perse un colpo. "Quindi, non negate le accuse."

"Il punto, esatto- accuse. Non c'è bisogno di negare la falsità. Soprattutto tessuta da qualcuno che non dovrebbe giudicare nessuno egli stesso. Ve lo chiedo di nuovo, cosa volete, Albert?"

Evitò di guardarlo, tenendo gli occhi sulle ragazze, ora che aveva completamente ispezionato il suo lavoro. Ci fu una pausa e lei aspettò pazientemente fino a quando parlò di nuovo.

"Perdonatemi, sono stato fuori luogo. Tuttavia, intendevo quello che ho detto quella notte. Siete diventata ancora più bella. Non posso fare a meno di sentirmi uno sciocco per tutto quello che vi ho fatto, tanti anni fa. Ero giovane e stupido. Pensavo che non ci sarebbe stato alcun male, a godermi la mia giovinezza."

Jane poté sentire il disperato tentativo di sembrare sinceramente dispiaciuto nella sua voce. Non la ingannava, non più. L'aveva permesso solo una volta. "Se queste dovrebbero essere delle scuse, devo confessare che siete terribile."

Dalla coda dell'occhio, lo vide sorridere. "Suppongo che abbiate ragione. Non ho mai imparato come scusarmi, non ne ho mai avuto la possibilità, ma credo che non sia troppo tardi." Si mosse per camminare davanti a lei allora e fu costretta a tenere il suo sguardo.

"Mi dispiace per tutto quello che ho fatto, non passa giorno che non me ne penta."

Cercò di vedere se provasse qualcosa. Un po' di tensione, un po' di movimento, tutte quelle emozioni che aveva risvegliato in lei tutti quegli anni fa, ma non sentì nulla. Anche mentre fissava quegli occhi che una volta amava, non provava nulla, tranne una lieve irritazione. Rilasciò un respiro di sollievo. Era veramente passata oltre Albert Turley. Cielo sia lodato!

"Ne sono sicura. Ve lo chiederò ancora una volta. Cosa volete, Albert?" la sua voce rimase severa, dicendogli che non era affatto presa in giro dalla sua teatralità.

La sorpresa tremolò attraverso i suoi occhi, ma fu veloce a coprirla. Jane sorrise. Pensava davvero che quelle parole sarebbero bastate per tornare nelle sue grazie? Beh, ovviamente qualcuno doveva conoscere la donna che era diventata.

Tornò al suo posto, le mani piegate sulla schiena. Ci fu una lunga pausa prima che finalmente parlasse.

"Ho passato ore quella notte che vi ho incontrato di nuovo, sveglio, pensando a voi, sapete."

Si voltò a guardarlo, le sue sopracciglia si agitarono in divertimento. "Davvero?"

"Sì. Ero rimasto piuttosto sorpreso di vedervi qui..."

"Come avete detto in precedenza", si intromise.

"Ahh... sì. Come ho fatto. Beh, ho riflettuto sul perché voi foste qui, a lavorare come governante, con il pretesto di essere una donna comune. Non è stato fino a quando è spuntata l'alba che mi è venuto in mente. È per vostro padre, non è vero? Egli è andato in fallimento e ha bisogno che voi veniate in suo soccorso."

Lei strinse gli occhi, ma lui semplicemente alzò le spalle. "Ho sentito la notizia del fallimento. Mi hanno detto che ha riportato tutta la famiglia a casa di sua madre."

Lei tenne il sorriso nella sua voce e attirò i suoi occhi in fessure più sottili, ma lui continuò, apparentemente non infastidito. "Non servirà a nulla, Jane. Doveva succedere. Tutti lo sapevano. È un terribile giocatore d'azzardo. L'unica sorpresa era che non fosse successo prima. Quindi, ditemi se ho capito bene. La vostra famiglia è condannata, e avete scelto di salvarli dal loro destino, scegliendo la via del lavoro. Non proprio come avevo pensato che sarebbe andata. Avevamo tutti semplicemente dato per scontato che vi sareste sposata, in cambio di ricchezza."

Attirò il suo respiro bruscamente e immediatamente se ne pentì, perché egli non si perse nulla. "Cos'è? Oh... ci hanno provato, non è vero? Vedo. Tuttavia, non avete voluto sposarvi perché avevate giurato di non sposare gli uomini, comunque. Così, invece, avete scelto di scappare e diventare una governante. Ma perché? Siete un'ereditiera. Potreste rimediare alla situazione con tutta la ricchezza che avete."

Jane chiuse gli occhi mentre egli la colpiva nel segno. Aveva detto che non lo odiava, e diceva sul serio. Ma ora, stava cominciando a vedere che era stata frettolosa nelle sue conclusioni. Si ricordava fin troppo bene e il rimpianto la riempì quando le venne restituito il ricordo. Era stata la giovane sciocca. Una che aveva detto così stupidamente all'uomo che amava, tutti i suoi segreti. Un peccato, sapeva che lo avrebbe usato per perseguitarla. Avrebbe voluto tornare indietro e cancellare quel giorno. Ignorandola, egli continuò.

"Oh. Ora lo vedo, ovviamente, non potete dire loro della vostra eredità. La richiederebbero e la sperpererebbero via nelle case di gioco e nella vita sontuosa. Così, questo è perché siete qui. Avete bisogno di dare loro una motivazione, per i soldi. Quale migliore motivazione che essere una governante? Sanno anche dove siete effettivamente? Sanno che vivete con un conte vedovo nella sua tenuta, che voi due vi siete innamorati?" disse l'ultima parte con un po' di disgusto.

Non disse nulla, temendo che se avesse aperto bocca per parlare, avrebbe alzato la voce e lo avrebbe insultato. Come si era mai immaginata innamorata di quest'uomo? Era stata così cieca? O era stato semplicemente più bravo a nascondere la sua vera persona?

Continuava a parlare, anche se respirava pesantemente, pieno di rabbia, non era saggio fermarsi. "So che non faceva parte del piano. Amare il conte, sedurlo. Certo che no. Siete troppo dolce per questo. Troppo innocente. Non ho dubbi che non l'avete fatto entrare nel vostro letto, facendo morire di fame quell'uomo come avete fatto con me. Vedo il desiderio nei suoi occhi quando vi guarda." Poi aprì gli occhi, vedendo rosso.

Si avvicinò a lei, le portò le labbra all'orecchio. "Quanto tempo pensate che ci vorrà prima che si stanchi di voi e vi abbandoni come le molte che sono certo siano venute prima di voi?"

Bruscamente, si voltò a guardarlo e lui sorrise.

"Oh. Povera ragazza. Pensate che i suoi sentimenti siano genuini? Che vi ami veramente? Cosa? Aveva promesso di farvi sua moglie? E ci avete creduto?" Allora abbaiò una risata, ma lei non disse ancora nulla. Nella sua testa, stava escogitando un milione e un modo per trattare con lui.

"Pensavo aveste smesso di fare la pazza, Jane. Un peccato. Beh, non è troppo tardi. Vi suggerisco di porre fine a questa farsa e tornare a casa. Sono certo che nemmeno lui sa chi siete veramente. Cosa pensate che farà quando capirà chi siete veramente? Quanto valete veramente?"

Va bene, stava rimanendo calma! "Cosa. Volete. Albert?"

Allora fece un passo indietro, un sorriso vittorioso sul suo volto. Lei si alzò in piedi, in modo che potesse guardarlo, correttamente.

"Semplice, sposatemi. Siete destinata ad essere mia, Jane. Lo siete sempre stata. Perché pensate che il destino ci abbia riunito in questo modo, dopo tutto questo tempo? Sposatemi. Datemi metà della vostra fortuna, e potrete dare alla vostra famiglia tutto quello che volete, con la scusa della mia buona volontà, come loro genero. Sono ancora nubile, ancora molto bello, anche se lo dico io. Un visconte, come vostro padre. Mi partorirete figli e figlie allo stesso modo. Vedo come guardate i figli di un'altra donna. Li adorate, vorreste che fossero vostri. Beh, non preoccupatevi. Vi darò tutti i bambini che volete. E farò in modo che non moriate, portandoli a questo mondo. Allora, che ne dite?"

Quella fu l'ultima goccia. Jane avrebbe sopportato tutti gli insulti verso di lei. Tuttavia, non avrebbe sopportato insulti per i suoi genitori, Charles, o sua moglie che era innocente in tutto questo. Incapace di trattenersi, alzò le mani e lo colpì duramente, sul suo volto.

Egli tenne le sue guance mentre lei ritirava le mani e si voltò a guardarla, sconcerto nei suoi occhi.

"Cosa ne penso? Siete una creatura vile, Albert! Una bestia molto spregevole! Vi do tre giorni per andarvene da questa casa prima che racconti questa storia a Charles. Siete inadatto ad essere ospite di un uomo così meraviglioso, uno che disonorate in casa sua. Siete inadatto a stare con le sue figlie. Tre giorni. Voglio che ve ne andiate tra tre giorni, o glielo dirò, lo giuro. Se mai vi fiuterò intorno alle ragazze o a me stessa in quel periodo, vi colpirò di nuovo."

Livida, uscì dal cortile, entrò in casa e continuò a camminare finché non raggiunse la sua camera. Nel momento in cui chiuse la porta dietro di sé, si avvicinò al letto, afferrò il suo cuscino e urlò tutta la sua rabbia repressa.

Quel bastardo, lo maledì. Era un bastardo!

Capitolo 15

Il destino sembrò essere contro Jane, perché il giorno dopo il confronto con Albert, Benjamin si ammalò gravemente. L'intera famiglia si agitò nel cercare di contribuire alla sua guarigione. Charles sembrava così preoccupato per suo cugino, che Jane aveva dovuto mettere da parte i suoi problemi mentre cercava di stare accanto all'uomo che amava, per dargli la sua forza in questo momento difficile. A causa di ciò, Albert dovette rimanere perché non poteva andarsene in un momento simile, e lei non poteva dire tutto a Charles. Albert ne approfittò, fermandola ogni tanto per provocarla, per prenderla in giro. Ogni volta, Jane pensava a un milione di modi per fargliela pagare, ma manteneva la calma. Era riuscita a malapena a scoraggiare i domestici dal raccontare al padrone quello che avevano visto quando lo aveva colpito il giorno prima. Non si sentiva del tutto orgogliosa del suo sfogo, e la sua mano ancora pungeva. Inoltre non voleva più rischiare di essere vista durante una discussione accesa con lui. Quindi, accettando il suo destino, decise di ignorarlo ogni volta che andava da lei con una proposta di matrimonio folle e sottili minacce. Si assicurò anche che non fosse mai lasciato solo con le ragazze, perché non voleva intorno a loro un uomo del genere.

Purtroppo, ciò che non sapeva era che Charles stesso li aveva visti quel giorno, e ogni altro giorno, per la cronaca. Solo che, poiché si era allontanato poco prima dello schiaffo, aveva interpretato tutto ciò che aveva visto al rovescio. Albert era consapevole che erano stati visti. Aveva spiato Charles guardare in basso verso di loro dalla finestra della piccola sala al piano superiore, quel fatidico giorno. E dopo, si era assicurato che ogni volta che fermasse Jane, il conte stesse guardando. Inoltre fece ulteriore attenzione per assicurarsi che le loro discussioni apparissero come quelle di due amanti. Sapeva molto bene che quando un uomo era innamorato, era cieco e insensibile, incline a credere a qualsiasi cosa gli fosse fatta credere. Charles era innamorato di Jane.

Il rifiuto di Jane arrivò come un mordente vento freddo ad Albert. Aveva ferito il suo orgoglio e sapeva che non poteva lasciar perdere, soprattutto dopo quello schiaffo e le sue minacce. Era caduto in disgrazia quando lei aveva annullato il fidanzamento quattro anni prima, così apertamente, lanciandogli l'anello che le aveva comprato. Era di nuovo caduto in disgrazia, quando lei lo aveva colpito in presenza di tutti i servitori. Fortunatamente, Charles se n'era andato prima. Egli non era un uomo da disprezzare due volte, e lei avrebbe pagato per questo. Gli aveva semplicemente offerto del tempo. Era stato un bene che Benjamin si fosse ammalato. L'influenza non avrebbe potuto arrivare in un momento migliore. Tuttavia, il suo caro amico stava rapidamente guarendo e sapeva di dover agire in fretta. Una volta che Benjamin sarebbe stato bene, non avrebbe avuto motivo di rimanere ed egli non poteva permettersi di andarsene, non ora. Non aveva nessun altro posto dove andare. Questo era il motivo per cui si stava dirigendo allo studio di Charles, per avere una conversazione privata con lui.

Quando lo raggiunse, aspettò che il maggiordomo annunciasse la sua presenza. Quando fu fatto e venne introdotto, entrò nella stanza ben arredata e mascherò la sua felicità con una cupa tristezza.

"Sì? Si tratta di Benjamin?" L'allarme nella voce e negli occhi del conte era evidente e Albert sorrise interiormente. Il suo piano sarebbe stato facile da realizzare, senza dubbio.

"No. Vostro cugino sta bene. Temo di essere qui per la vostra governante, Jane Hathaway. Dovete capire che sono consapevole della storia d'amore tra voi due e dei veri sentimenti che provate per lei. Questo è il motivo per cui trovo ciò molto difficile da dire. Tuttavia, devo. Sembra solo un modo appropriato per ripagarvi della vostra cortese ospitalità, in queste ultime settimane."

Ci fu una lunga pausa e gli piacque immensamente vedere il colore svanire dal viso del conte. Alla fine, Charles parlò. "Ditemi."

E così fece Albert. Un'ora dopo, uscì dallo studio del conte con un enorme sorriso sul viso. Missione compiuta.

• • • • • • •

Cuore spezzato. Charles l'aveva sperimentato una volta, mentre si trovava nella camera da letto e teneva la moglie tra le braccia, mentre il suo sangue e la sua vita la lasciavano. Questo era avvenuto dopo aver ascoltato il suo grido di agonia per lunghe ore, mentre cercava di portare al mondo le loro figlie. Le bambine che aveva messo in lei. Egli le aveva tolto la vita. Era tutto quello che si diceva nei primi giorni dopo la sua morte. Se non avesse svuotato il suo seme in lei, non sarebbe mai rimasta incinta. Se non fosse rimasta incinta, non sarebbe morta portando al mondo quelle bambine. L'agonia che lo aveva tormentato era stata enorme. Il suo cuore si era spezzato in un milione di pezzi. Il dolore penetrava profondamente nella sua anima. Eppure, sapeva che non era nulla in confronto al dolore che lei aveva provato in quelle ore di travaglio.

Non era niente in confronto al dolore che provava ora, ma faceva ancora molto male, gli si avvicinava molto. Questo era un altro tipo di dolore. Mentre passeggiava per la stanza, in attesa dell'arrivo di Jane, non poté fare a meno di pensare di darle la possibilità di parlare, di ascoltare la sua versione della storia. Tuttavia, per quale scopo? Albert gli aveva detto tutto e non poteva non crederci. Pur sapendo che Albert non fosse un uomo così onorevole, sapeva anche che l'uomo non aveva motivo di mentire riguardo a queste cose. Soprattutto non quando le aveva vissute in prima persona. Lo sapeva. Sapeva di non dover ignorare la lancinante sensazione che sentiva nel suo cuore mentre li guardava ogni giorno, incontrarsi segretamente, bisbigliando l'uno nelle orecchie dell'altra. Ora, era stato ampiamente dimostrato che aveva fatto bene a preoccuparsi.

Smise di camminare quando sentì la sua voce all'esterno. "Oh smettetela, Gaius. Non dovete annunciarmi. Mi sta aspettando, l'avete detto voi stesso, e abbiamo già superato tutto ciò."

Non sentì la risposta di Gaius ma sapeva che doveva aver ceduto alle sue dolci persuasioni. Sciocchi. Lo erano tutti quando si trattava di Jane Hathaway. Anche se era girato di spalle, seppe il momento in cui entrò. Le diede le spalle fino a quando lei parlò.

"Charles? C'è qualcosa che non va? Mi avete mandata a chiamare."

Si voltò in modo che potesse affrontarla. Trattenne il suo respiro e maledisse lo sciocco che era. Anche nella sua rabbia, conoscendo il suo tradimento, la trovava ancora così bella. No, non era il momento di pensarci. Non lo avrebbe mai fatto. Non dopo questa giornata.

"Sì. Sì. C'è qualcosa che volete dirmi, Jane?"

Si fermò sui suoi passi, a un metro e mezzo da lui e la confusione apparve nei suoi occhi. Sembrava così genuina, quasi ci credette.

"Non sono sicura di aver capito. Voi mi avete chiamata qui. Ho pensato che aveste qualcosa di cui parlare?"

Prese un respiro profondo mentre si preparava per il confronto. "Sì. Volevo parlare di tutti i segreti che mi avete tenuto nascosto, del tradimento."

Scosse la testa, la fronte aggrottata dalla confusione. "Charles, di cosa state parlando?"

Aveva pensato al modo migliore per farlo, ma non ne esisteva nessuno. Così, sentenziò. "Riguardo la verità di come il vostro fidanzamento con Albert sia finito tanti anni fa. La verità su chi siete. La verità sulla vostra attuale relazione con Turley."

"Cosa intendete? Vi ho detto di Albert. Il motivo per cui ho concluso il fidanzamento. Era impegnato in altri affari illeciti. Per quanto riguarda la verità su chi sono, io sono Jane Hathaway. Non ho mai mentito su questo..."

"- Ma l'avete fatto. Avete affermato di non essere una signora. Avete detto di essere una persona comune, e di essere cresciuta con vostra nonna. Vostro padre è Evans Hathaway. Visconte di Loughborough. In realtà siete una signora. Vostro padre, ha sperperato tutta la sua fortuna in debiti di gioco, e siete stata mandata qui con le sembianze di una governante per sedurmi a sposarmi con voi. Ci eravate quasi riuscita! Tutto questo mentre fingevate di essere diversa. Non posso credere di essermi fidato di voi."

Guardò il suo volto cedere e diventare pallido, svuotato dal colore. Lentamente, fece un passo indietro, la sua bocca si aprì leggermente in meraviglia, come se non potesse capire tutto ciò che stava accadendo. Si chiese se fosse stato troppo duro con lei, ma schiacciò il pensiero:

"Charles! Pensate questo di me? Avete sempre

saputo che non fossi una plebea! Veramente, sono cresciuta con mia nonna. Veramente, mio padre è Evans Hathaway, visconte di Loughborough. Ma il mio diritto di nascita è l'unica cosa su cui ho mentito, per motivi che avevo intenzione di spiegarvi. Di certo non mi credete una cercatrice d'oro, semplicemente intenzionata a sedurvi al matrimonio per pagare i debiti di gioco di mio padre?"

"Perché non dovrei? Sembrate aver fatto un ottimo lavoro. Avete fatto sì che le mie figlie vi amassero. Diavolo, mi avete fatto innamorare di voi!" la sua voce si era impigliata e non si rese conto di quello che aveva detto nella sua esasperazione fino a quando lei chiese, la sua voce un sussurro morbido.

"Voi mi amate?"

Egli barcollò, il peso della sua confessione su di lui. Non aveva pianificato di spifferarlo in questo modo. Aveva progettato qualcosa di grande, con un anello e ancora più fiori. Ma niente di tutto questo importava ora, vero? Era stato semplicemente una pedina nel suo gioco.

"Non è il punto di questa discussione. Non ha alcuna conseguenza ora."

"Certo che no. Albert vi ha parlato, vero? Vi ha anche detto che mi ha chiesto di lasciarvi? Che mi ha proposto di sposarlo in casa vostra, dove è un ospite, e ha lasciato intendere che voi voleste semplicemente essere accolto nel mio letto per abbandonarmi subito dopo?"

I suoi occhi si allargarono a questo. "Bugie. Tutte le bugie. Mi aveva detto che l'avreste detto. Quando in verità, siete voi quella che è andata da lui. Tutti quegli anni fa, non eravate soddisfatta con un solo uomo. Voi, siete stata colei che ha cercato affari illeciti al di fuori del vostro fidanzamento. Ora, incontrandolo dopo tutti questi anni, non potevate fare a meno di voler mettere le mani su di lui di nuovo. Così, avete cercato di sedurlo. Nella mia casa. Vi ho visti! Quel giorno in giardino, l'altro giorno nel corridoio... in disparte, vi ho visti parlare a bassa voce. L'ho visto uscire dall'ala che ospita la vostra camera, a ore irregolari."

Lo spaventò quando cominciò a ridere senza parvenza di ironia. "Non posso crederci, Charles, davvero" iniziò mentre si riprendeva. "Quindi, credereste a quell'uomo, piuttosto che a me? Suppongo che non vi abbia detto che l'ho schiaffeggiato mentre insultava vostra moglie e le vostre figlie."

Albert non aveva detto nulla del genere. Gli aveva detto qualcosa di diverso. "Ha detto che l'avete colpito quando vi ha rifiutato, e che i domestici possono testimoniarlo."

Si fece beffe di lui mentre scuoteva la testa incredulamente. "Certo che lo ha fatto. Così, vi ha detto che ero stata infedele tutti quegli anni fa. Vi ha detto che ero venuta qui con l'unico scopo di ingannarvi per diventare vostra moglie, e vi ha detto che ho cercato di sedurlo. E voi credete a lui, un estraneo che avete appena incontrato, piuttosto che a me?"

Fu allora che egli vide e sentì. La crepa nella sua voce, le lacrime che traboccavano nei suoi occhi. Tutta la rabbia che aveva sentito improvvisamente lo lasciò. Questo poteva essere finzione? Sembrava così sincera, così distrutta, che si sentì incline a crederle, e cominciò a fare guerra nel suo cuore. Aveva ragione, ma se questo fosse stato solo il suo modo di attirarlo di nuovo? Non poteva permettersi di impazzire una seconda volta.

"Se avete mentito sulla vostra famiglia, perché non dovreste aver mentito anche su questo?" Anche lui sapeva quanto sembrava stupido, ma questa era l'unica difesa che aveva. Turley aveva parlato in modo così convincente. Non era stato in grado di dubitare dell'uomo.

Ridacchiò mentre scuoteva ancora una volta la testa. "Pensavo che foste un uomo migliore, un uomo diverso, ma chiaramente mi sbagliavo. Se credete a tutte queste cose su di me, allora non mi avete mai conosciuta. Non mi avete mai vista come pensavo." Si fermò mentre asciugava le lacrime che le erano scappate, e lui sentì i pezzi del suo cuore, rompersi in pezzi ancora più piccoli.

"Un peccato. Speravo di aver trovato quello giusto. Addio Charles. Trovo di non poter rimanere in una casa dove apparentemente non sono accolta. Vi risparmierò la fatica di licenziarmi." Allora alzò lo sguardo e trattenne i suoi occhi. Quasi non riusciva a sopportare la profonda tristezza che vedeva in loro. Sembrava che lei avrebbe detto qualcosa e lui aspettò, disperatamente, in attesa di quelle parole che lo convincessero, lo convincessero della sua innocenza. Tuttavia, non era lui lo sciocco? Aveva bisogno di essere convinto?

Lei chiuse la bocca e si girò bruscamente per andarsene. Incapace di vederla andare via, la chiamò. "Aspettate!" si fermò, ma non si girò. Non si aspettava che lo facesse. Continuò comunque, "Se state dicendo la verità, allora perché non siete venuta prima da me? Sapete che lo avrei gestito per voi?"

Ci fu una lunga pausa e temette che non gli avrebbe dato una risposta. Poi parlò.

"Perdonatemi. Perdonatemi per aver pensato che la salute di vostro cugino fosse più importante delle avances indesiderate di un uomo senza valore. Vi auguro il meglio della vita, mio signore."

Con questo, scappò, sbattendo la porta dietro di lei.

Fu allora che si rese conto. Che cosa aveva fatto? Che cosa aveva fatto? Maledetto inferno! Confuso e ancora ferito, si avvicinò al suo divano e si chinò su di esso. Mentre soffriva, si addormentò, per liberarsi dal suo dolore. Nel sonno, sognò Marilyn... così bella, ma arrabbiata, così arrabbiata con lui. Poi, sognò Jane. Bella come sempre, e ogni volta che cercava di aggrapparsi a lei, gli sfuggiva di mano.

Si svegliò molto più tardi, quando il cielo si era oscurato, solo per scoprire che Jane se n'era andata. Pensava che Henry gli stesse facendo uno scherzo, così corse in camera sua, solo per trovarla aperta. Entrando nella camera, vide che era vuota. Pulita di ogni sua traccia, tranne per il suo profumo alla vaniglia e olio di rosa che ancora indugiava, e una lettera sul tavolo, la cui scrittura riconobbe fin troppo bene.

Con il terrore nel cuore, le mani tremanti, raccolse la lettera e la lesse.

Mio Signore,

Vi siete addormentato prima che me ne andassi. Ho pensato che non sarebbe stato saggio disturbare il vostro riposo, una serva indegna come me. Altrimenti, non me ne sarei andata così senza dirvi addio. Allora, ho supposto di aver detto addio.

Ho rifiutato di accettare qualsiasi pagamento, contrariamente a quanto si può credere, durante il mio tempo qui mi sono sentita come se fossi a casa più che in qualsiasi altro luogo, dopo la morte di mia nonna. Mi piaceva prendermi cura delle ragazze e non mi sembrava mai di lavorare. Ho solo una richiesta, che voi teniate le ragazze lontane da Albert, per quanto non vogliate allontanarlo da casa vostra. È vostro ospite, dopotutto, e anche se forse non mi credete, spero che non corriate rischi per le ragazze.

Volevo anche farvi sapere, in ultima nota, che ho avuto diverse offerte di matrimonio negli ultimi anni. Duchi, marchesi, un sacco di scapoli nobili, facoltosi. Perché allora avrei dovuto viaggiare fino a un luogo sconosciuto, per sedurre un conte vedovo e le sue dolci bambine? E anche se posso non essere esperta dell'atto di seduzione, so che non viene fatto in semplici e noiosi abiti. Dategli qualche pensiero.

Posso avere rimpianti per il modo in cui è finita, ma non rimpiangerò mai il bel tempo che ho passato in casa vostra. Vi auguro una buona vita, mio signore.

Arrivederci.

Jane H.

Charles si sentì crollare mentre cadeva sul letto. Le lacrime che non versava da così a lungo, cominciarono a cadere. Vide la verità ora. Ma era già troppo tardi. Se n'era andata e lui non poteva alzarsi e andare a cercarla. Cosa aveva fatto?

Beh, non c'era bisogno di crogiolarsi. Doveva agire in fretta. Per prima cosa, doveva parlare con Albert e farlo uscire di casa, all'alba. Poi, avrebbe iniziato i preparativi per andare a riprendere Jane. Per le sue figlie, per se stesso, il suo posto era qui, con loro. Doveva essere la signora della sua tenuta. Decise, si asciugò le lacrime e si alzò. Proprio mentre stava per uscire dalla stanza, Henry apparve vicino alla porta, con un'espressione cupa sul volto.

Charles sapeva che il maggiordomo era arrabbiato con lui. Se lo meritava, quindi non poté criticare il vecchio uomo. Presto avrebbe posto rimedio a questo pasticcio, giurò in silenzio.

"Sì, Henry?"

Il vecchio si schiarì la gola e sembrò combattere con
le parole da dire. Alla fine, parlò.

"C'è una donna incinta alla porta, mio signore. Chiede
di Albert Turley. Dice che è il padre di suo figlio."

Gli occhi di Charles si allargarono. Cosa?

Capitolo 16

Loughborough, Inghilterra

Jane sospirò mentre scese dalla carrozza con i bagagli in mano. Alzò lo sguardo per vedere la casa in cui era cresciuta. Solo tre giorni prima, aveva lasciato Southwell senza intenzione di guardarsi indietro, anche se col cuore spezzato e in frantumi. Eccola qui. Aveva pensato di fare una sosta da Abigail, ma aveva deciso di non farlo e aveva guidato dritto fino a casa. Il viaggio era sembrato più breve rispetto al viaggio verso Southwell. Suppose che c'era da aspettarselo, visto che non era stata troppo desiderosa di ritornare a casa. Avrebbe voluto più tempo per strada, per piangere, per nutrire il suo cuore spezzato per la seconda volta, per ideare i suoi nuovi piani, ora che era disoccupata. Purtroppo, aveva ottenuto solo tre giorni, e aveva scelto di farne il massimo uso. Così ora, era qui, il suo cuore ancora dolorante, ma le sue lacrime asciugate. E piani per aiutare la sua famiglia ad uscire da questo pasticcio, finalmente ideati. Due giorni prima aveva scritto una lettera al signor Brighton, il suo contabile. Ora era pronta a dire la verità. Avrebbe mantenuto tutti i diritti sulla sua fortuna, ovviamente, e i suoi genitori avrebbero dovuto rispettare le sue condizioni se avessero voluto il suo aiuto.

Solo dopo che tutto questo fosse stato sistemato, si sarebbe lasciata andare al terribile colpo che aveva ricevuto. Solo allora. Prendendo un respiro profondo, salì le scale, bagagli in mano, e bussò alla porta. Si aprì un momento dopo e lei rimase faccia a faccia con un Howard sorpreso, che la fissava.

Si riprese dallo shock giusto in tempo per prendere i suoi bagagli. "Mia signora! Siete tornata. Oh mio! Ma questa è una piacevole sorpresa. Per favore, entrate, entrate. I vostri genitori saranno così felici di vedervi. Temo che si siano quasi ammalati di preoccupazione per la vostra incolumità, se non fosse stato per le vostre lettere tempestive e premurose."

Entrò in casa, prestando a malapena attenzione alle sue parole mentre si guardava intorno per assicurarsi che non fosse successo nulla di terribile in sua assenza. Soddisfatta che tutto sembrasse andare bene, si sintonizzò sulle farneticazioni di Howard.

"Si sono quasi ammalati?"

"Esattamente, mia signora. Err... forse, è meglio che vi cambiate con qualcosa di più err... appropriato prima di incontrarli."

Fu allora che guardò in basso e vide i suoi vestiti da uomo. Era stata così comoda nell'indossarli in questi ultimi giorni. "Forse. Dove sono?"

"Sono andati al villaggio. Torneranno tra poco."

Sospirò in segno di sollievo. Ciò significava abbastanza tempo per rilassarsi e prepararsi per la riunione. "In tal caso, fatemi portare su l'acqua del bagno e preparate il pranzo. Sono piuttosto affamata."

Stava già salendo i gradini. Howard continuava a farneticare e si sistemò di nuovo fino a quando arrivarono nella sua camera. "È tutto, mia signora? Acqua del bagno e un pasto sontuoso?" chiese mentre aprì la porta ed entrò. Seguì l'esempio e aspettò finché lui non avesse lasciato i suoi bagagli sul suo letto.

"Sì. Voglio che il pasto sia lasciato sul mio tavolo. Non voglio essere disturbata dopo. Avrò bisogno di recuperare un tanto necessario sonno di mezzogiorno."

"Molto bene, mia signora. Presumo che il viaggio sia stato molto faticoso."

Lei annuì. Si chinò ed uscì dalla camera camminando all'indietro. Una volta che chiuse la porta dietro di lei, si voltò per sistemarsi nella stanza. Era stata pulita e arieggiata. Non aveva alcun dubbio che i genitori l'avessero mantenuta in questo modo nella speranza di un suo ritorno anticipato. Il pensiero la fece sorridere. Eppure, la stanza sembrava così strana. Divertente. Beh, era meglio abituarsi di nuovo, si disse. Doveva essere il suo luogo di fuga ora.

• • • • • • • •

Si svegliò, più tardi, e scoprì che si trovava nella vasca, l'acqua calda si era raffreddata contro la sua pelle. Apparentemente, era stata così stanca, che non era mai uscita. Languidamente, si alzò e allungò, poi uscì dalla vasca, una gamba alla volta. Poi, prese un asciugamano e cominciò ad asciugarsi. Una volta fatto, cercò un vestito adatto e se lo mise. Poi, si avvicinò alla sua toeletta per pettinarsi i capelli che si erano asciugati, sparsi fuori dalla vasca. Fu allora che notò il cibo, servito e anch'esso raffreddato. Come a ricordarle la sua cattiva abitudine alimentare negli ultimi tre giorni, il suo stomaco brontolò. Sistemandosi, decise prima di riempirsi la pancia. Un po' più tardi, si alzò dopo aver finito il pasto di purè di patate con pane e verdure, abbattute con una tazza di acqua. Poi, procedette a pettinarsi i capelli. Per tutto il tempo, cercò di non pensare a Charles. Del dolore che la sua accusa aveva causato, cercò di non pensare alle bambine, e di come le mancassero già terribilmente. Non poteva fare a meno di chiedersi... mancava anche a loro? E Charles? Gli mancava come a lei, nonostante il torto che le aveva fatto? aveva capito il suo torto? O non ancora?

Lo stava facendo di nuovo. Pensare a lui quando non avrebbe dovuto. Scosse la testa, come per liberarsi delle sue emozioni e si pettinò dolcemente i capelli, anche se si ricordò delle ragazze che lo facevano per lei. Un sospiro pesante le sfuggì dalle labbra. Era certamente difficile adattarsi a questa vita, ora che ne aveva assaggiata un'altra. Ma doveva, doveva farlo.

Quando ebbe finito di rendersi abbastanza presentabile, si alzò e uscì dalla sua camera. La voce dei suoi genitori la raggiunse quando arrivò alle scale e iniziò la sua discesa. In verità, non aveva paura di affrontarli. Sentì anche un'altra voce che riconobbe essere di Mr Brighton. Fortunatamente, era arrivato. Mentre raggiungeva il fondo delle scale, prese una domestica e chiese che andassero a pulire la sua stanza. Poi andò a raggiungere la sua famiglia nel salotto dove sapeva che sarebbero stati. Il suo pensiero andò a Abigail. Si ricordò che era giovedì. Abigail era sollevata dai suoi doveri ogni giovedì. Avrebbe avuto modo di vedere la sua amica il giorno successivo. Presto, raggiunse il salotto e vi entrò.

Paia di occhi attoniti si volsero a guardarla. Fu sua madre a parlare per prima, mentre veniva ad abbracciarla.

"Bontà, grazia! Siete davvero tornata, e finalmente siete sveglia! Oh cara bambina. Che sciocchezze vi siete immaginata, lasciare casa in quel modo? Se foste ancora una bambina, avremmo dovuto sculacciarvi per bene. Bene, suppongo che una ramanzina sia sufficiente. Ora comunque, sono soltanto felice di avervi di nuovo a casa."

Abbracciò sua madre, un sorriso irresistibile sul suo volto. "Mi dispiace di avervi fatta preoccupare, madre. Ho dovuto fare quello che pensavo fosse giusto, mentre voi pianificavate la mia vendita."

"Pshaw! Non parlate così, tesoro. Volevamo semplicemente ciò che era meglio per la famiglia." Jane annuì. Infatti, l'avevano fatto. Si divisero e camminò ulteriormente nella stanza. Mr Brighton si alzò per salutarla ma suo padre rimase seduto, senza dubbio, arrabbiato con lei.

Riconobbe il sig. Brighton e si scambiarono degli sguardi. Dopo, andò da suo padre.

"Padre."

"Sì. Ahimè. Voi tornate a casa, la figliola prodiga. Avete finito il favore? E siete tornata correndo a casa, sperando nel perdono?"

Cercò di mantenere un atteggiamento solenne, ma non riuscì, non quando suo padre sembrava così cupo. Che lo ammettesse o no, il suo vecchio aveva sentito la sua mancanza, questo era evidente. "Sì, padre. Spero di riceverlo."

La guardò, ma solo per un secondo finché non distolse lo sguardo. "Ci vorrà un po'. Suppongo di potervi dare il benvenuto qui. È casa di vostra nonna, dopotutto. Per tutti i motivi, avete più diritto di me e vostra madre a questo posto."

Scambiò nuovamente lo sguardo con Mr. Brighton e quando egli scosse la testa, capì che suo padre non sapeva ancora nulla. Bene, perché voleva dirglielo lei stessa, e così fece.

I suoi genitori ascoltarono con grande attenzione mentre raccontava loro di come era venuta a conoscenza dei loro piani, e si era trovata un impiego nella casa del conte come governante. Disse loro del tempo meraviglioso che aveva trascorso lì, del gentile conte, e delle sue belle figlie, ma non disse loro dell'amore che avevano condiviso, o del ruolo che Albert aveva giocato nel rovinare la sua felicità ancora una volta. Non poteva credere che l'avesse fatto, e non poteva credere che Charles avesse scelto di credergli. Non aveva detto nulla a Turley quando se n'era andata. Non era stata in grado di dire addio personalmente nemmeno alle gemelle. Aveva lasciato loro una lettera invece, come aveva fatto per il loro padre.

Poi, infine, disse ai suoi genitori della sua eredità. Ascoltarono tutto con attenzione. Reagendo in stato di shock e incredulità mentre faceva una rivelazione dopo l'altra. Quando conclusero, stipularono un contratto, un accordo che avrebbe dovuto dare ai suoi genitori i soldi necessari per pagare i debiti e rimettersi in piedi, e lei avrebbe dovuto gestire le loro finanze d'ora in avanti.

Era stata una giornata lunga e faticosa, ma era finita felicemente per tutti.

Capitolo 17

“Sono passate due settimane.”

Jane alzò gli occhi al cielo quando un sospiro scivolò fuori dalle sue labbra. “Lo so, Abigail.” Nessuno sapeva meglio di lei. Aveva contato i giorni e le ore. Quattordici giorni da quando era arrivata a casa, diciassette da quando aveva lasciato Southwell. Non era per nulla vicina a riprendersi dal dolore.

“Ancora nessuna notizia?”

Alzò le spalle, desiderando che Abigail smettesse di parlarne. “Se ci fosse stata, sareste stata la prima a saperlo e voi, mia cara amica, ne siete consapevole.”

La brezza cercò di spazzare via la pila di carte che aveva sul tavolo. Le sue mani schizzarono fuori e li catturarono appena in tempo. Un'idea la colpì e mise la boccetta d'inchiostro sulla pila, per tenerli al loro posto. Erano sedute in un angolo, sul lato sinistro della tenuta, protette dal sole e libere dal calore che aveva avvolto l'interno della casa. Jane stava cercando di sistemare alcuni documenti per l'assegnazione dei fondi e degli affari che aveva preparato per la sua famiglia. L'avevano tenuta occupata l'intera settimana. Non appena fossero stati pronti e lei avesse ottenuto la firma di Mr. Brighton, suo padre sarebbe tornato a Londra per acquisire tutto ciò che avevano perso. Lei sarebbe rimasta qui e con Mr.

Brighton, avrebbe continuato a provvedere alle loro finanze e agli investimenti. Lei ne aveva abbastanza della vita di Londra. Il paese era la sua casa ora. Forse, sarebbe andata in visita, forse alcune stagioni, ma la sua dimora permanente era questa tenuta. Entrambe le volte che si era avventurata lontano da Loughborough, si era innamorata, e il suo cuore si era spezzato. Non doveva essere morsa una terza volta per vedere quale fosse il problema.

"È triste. Avrebbe già dovuto avervi scritto delle scuse. Specialmente dopo quella lettera che gli avete lasciato. Se non ha ancora capito che stavate dicendo la verità, allora è ancora più pazzo di quanto pensassimo!"

Lo sfogo di Abigail la fece ridere. Mentre lei era stata troppo insensibile per offrire qualsiasi reazione seria nel momento in cui aveva parlato con Charles, la sua amica ne aveva avute di tutti i tipi quando Jane le aveva raccontato nuovamente la storia. Basti dire che Abigail era stata più che impaziente di spargere sangue. Grazie al cielo Southwell era lontana tre giorni di carrozza.

"Attenta, Abigail. State parlando di un conte."

Abigail la derise, proprio come Jane aveva pensato avrebbe fatto. "Sì. Non me ne importa di meno. I titoli non corrispondono al buon senso, a quanto pare."

Jane sorrise, scuotendo la testa alla sua amica. Cercò di tornare al lavoro, ma Abigail non aveva finito. "Almeno scriverete alle ragazze? Sembrano dei tesori."

"Lo avete chiesto almeno un migliaio di volte. Sì. Scriverò alle ragazze. Solo non ancora. Possono ancora essere arrabbiate con me, per il modo in cui me ne sono andata."

Abigail si contorse la faccia in un'espressione accigliata. "Davvero. È stato terribile da parte vostra. Avreste almeno dovuto dare un addio come si deve."

"Avrebbe solo causato un dramma. Avrebbero supplicato per farmi rimanere, mi sarei sentita troppo tentata. Poi, mi sarei ricordata della mia ferita e avrei deciso che non potevo rimanere con l'uomo che l'aveva causata. Quindi, avrei insistito per andarmene comunque, poi ci sarebbero state lacrime, da parte di tutti e tre. Sarebbe stata una scena orribile, ve lo assicuro. Meglio essermene andata in quel modo. Ora, lasciatemi riposare, Abigail. Per favore. Ho un sacco di cose da fare oggi. Padre e madre sono ansiosi di tornare a Londra. Prima le finisco, prima possono andare."

"Se non fosse stato per voi, avrebbero trascorso il resto dei loro giorni qui. È sorprendente come abbiano accettato le vostre condizioni senza molto trambusto. Devono essere veramente stanchi di questa vita."

Jane sospirò. In verità, si sarebbe aspettata più resistenza da parte dei suoi genitori, più insistenza. Tuttavia, le clausole che Nana aveva allegato alla sua eredità avevano chiarito che unicamente lei aveva il controllo su di essa. Oltre a ciò, i suoi genitori sembravano abbastanza rassegnati. Senza dubbio, stanchi della loro vita miserabile e disperati per la salvezza. Dopo il fallito tentativo di matrimonio, Jane suppose che avevano imparato la loro lezione. "Padre e madre non sono nati per questo. Sono nati per una vita di lusso, e per avere sempre più che a sufficienza da spendere. Mi accerterò che il loro lusso, non sia più del necessario. Ora per favore, smettere di parlare e aiutarmi con questi."

Abigail annuì e cominciò a cercare i documenti. Jane trattenne il respiro, chiedendosi se finalmente avessero trovato il silenzio. Ottenne la sua risposta quando Abigail parlò, pochi secondi più tardi. L'impulso di colpire la testa contro qualcosa la sommerse.

"Mi chiedo se..."

"-Lasciate perdere, Abigail. Vi prego. Voglio solo dimenticare ogni minima orribile esperienza. Parlarne continuamente mi rende la cosa terribilmente difficile."

La faccia di Abigail cadde nel rimorso e Jane capì di aver finalmente raggiunto la sua amica.

"Avete ragione. Perdonatemi. Discutiamo di cose felici."

"Un po' di pace e tranquillità sarebbero anche piacevoli", accennò con un sorriso sul suo volto. Quando Abigail le restituì il sorriso, Jane sapeva che erano d'accordo. Allora si stabilirono in un comodo silenzio, e lei mandò una preghiera ringraziando i cieli.

Insieme, continuarono a lavorare in silenzio, tranne per il nitrito dei cavalli, il rumore dal villaggio, i servi che lavoravano, carrozze che correvano nella tenuta. Aspetta. Carrozze? Si girò e vide effettivamente due carrozze nella tenuta. Visitatori per i suoi genitori, molto probabilmente. Le carrozze erano ancora lontane, così non poté dire se le riconoscesse. Non aspettandosi nulla, tornò al suo lavoro. Molto probabilmente erano ospiti dei suoi genitori. Nessuno la conosceva qui, tranne la gente comune e non sarebbero venuti con le loro carrozze.

"Chi pensate che siano?" chiese Abigail, mentre Jane tornava al lavoro.

"Visitatori per mia madre e mio padre, molto probabilmente. Dai, andiamo avanti con questi. Se la nostra attenzione è necessaria, saremo chiamate."

Cominciò a scarabocchiare di nuovo. Aveva le spalle voltate alle porte della tenuta. Abigail, che era seduta di fronte a lei, aveva una vista migliore. Questo era il motivo per cui non poteva biasimare la sua amica per guardare in alto di tanto in tanto. Un po' più tardi, sentì le carrozze fermarsi e sentì il bisogno di guardare, ma resistette. Abigail, invece, fissava senza riserve.

La sua amica era unica nel suo genere, pensò Jane. Fortunatamente, era la ragione per cui la amava. Anche ora, non si trovava in grado di resistere a un sorriso che stava cominciando a nascere sulle sue labbra. In qualsiasi momento, Abigail avrebbe parlato di nuovo. Dopo poco, lo fece.

"Lady Jane, pensate che..."

"Lasciate perdere, Abigail." Teneva la testa abbassata, concentrata sul lavoro.

"Sì, Lady Jane, ma non ora. So di non aver mai visto il suo conte e le sue figlie. Tuttavia, la mia immaginazione è fervida e voi li avete descritti così bene."

Di cosa parlava ora? "Allora?"

"Quindi, tutto quello che sto dicendo è che penso che siano qui."

Jane alzò la testa di scatto. "Cosa? È uno scherzo, Abigail?"

"Certo che no. Sapete che non vi ingannerei mai in quel modo. Sono abbastanza sicura che siano il conte di Southwell e le sue ragazze. Quali sono le probabilità che un altro uomo dai capelli neri con due ragazze bionde e brune gemelle sia in visita a Peace Bay?"

Il cuore di Jane le saltò nel petto e perse un battito. Spaventata che Abigail vedesse quello che stava vedendo, spaventata che non lo stesse facendo, decise di girarsi. Come lo fece, si alzò. Poi, li vide. Effettivamente, erano Charles e Rain e Sky, che stavano parlando con Howard. Avrebbe riconosciuto quei volti ovunque, anche nei suoi sogni.

Stava sognando? Sicuramente, i suoi occhi non potevano starle giocando uno scherzo del genere. In quel momento, Howard indicò la sua direzione e il trio si voltò a guardare. Tre paia di occhi la fissavano, e lei stava in piedi, guardandosi indietro, inutile fare altro, inutile anche solo respirare, perché il suo cuore si era fermato nel petto. Il momento si trattenne, e poi si ruppe.

Insieme, le ragazze piansero di gioia. "Jaaannee!" Il secondo dopo, correvano verso di lei, con i loro piccoli piedini, portandoli fino a lei attraverso il campo. Di sua spontanea volontà, i suoi piedi cominciarono a muoversi, e prima che se ne accorgesse, stava correndo verso di loro. Si fermò a metà strada e si inginocchiò, le braccia spalancate. Anche le ragazze aprirono le loro mentre la raggiungevano, e gettarono i loro piccoli corpi nelle sue braccia aperte. Un milione di emozioni vennero come un onda che minacciò di metterla sotto, ma la felicità vinse.

Mentre avvolgeva le braccia intorno a loro, una bolla di gioia che aveva iniziato a costruire nel suo stomaco trovò la sua strada verso le sue labbra, e si riversò in una tempesta di risate. Le gemelle si unirono a lei e presto, il suono delle loro risate riecheggiò attraverso l'intera tenuta. Jane non poteva crederci. Non poteva. Non aveva osato sperare che le avrebbe mai più riviste.

“Oh mio! Guardatevi! Che ci fate qui? Non posso credere che siate venute fino a Loughborough. Oh mio!” si sciolse in un'altra risata e rimasero lì, lei in ginocchio, mentre abbracciava la luce del giorno che emanavano.

“Siamo venuti a riportarvi indietro, Miss Hathaway. Ci siete mancate terribilmente,” Sky la informò.

"Papà dice che ora appartenete a noi. Che sarete nostra madre, se ci volete", seguì Rain.

Jane pensava che il suo cuore potesse trasformarsi in una pozzanghera e traboccare. Alla fine, lasciò andare le ragazze. Mentre si alzava in piedi, prendendo la mano di ognuna di loro, chiese: "L'ha fatto?"

Le ragazze annuirono e lei alzò lo sguardo per vedere Charles, avanzare verso di loro. Il suo stomaco si contorse in nodi, anche se il suo cuore cominciò a battere di nuovo, con un ritmo irregolare. Cielo, sembrava bello come ricordava. Anche se poteva vedere alcune linee di stress, come se non avesse dormito per giorni. Era stato il viaggio, o era semplicemente stato incapace di dormire, pensando a lei? Aveva viaggiato fin qui per vederla... Sky le aveva detto così. Aveva persino portato le ragazze. Oh, era tutto così surreale.

Alla fine le raggiunse e si fermò ad appena un metro da lei. I loro occhi si tennero. Il suo verde, e il suo grigio chiaro.

Facendo un respiro profondo, parlò per prima. "Ciao."

Capitolo 18

“Ciao”

“Siete venuto.”

“L'ho fatto.”

“E avete portato le ragazze.”

“Hanno insistito. Sapete come possono essere.”

“Perché?”

“Credo che ve l'abbiano appena detto.”

Giusto, ma non avrebbe ceduto così facilmente. “Perché?”

Si fermò e prese un respiro profondo, mentre abbassava la testa, come se si vergognasse. Bene. Doveva vergognarsi. “Perché mi siete mancata. Perché siete mancata alle ragazze. Perché stavo per venirvi a cercare comunque, nel momento in cui mi sono svegliato e ho sentito che non c'eravate. Nel momento in cui ho letto la lettera che mi avete lasciato. Sapevo che sarei venuto a prendervi. Perché siete mia, e Southwell è il vostro posto. La mia casa è la vostra casa.”

La sua gola si bloccò e inghiottì. “E?”

Lui si avvicinò, lei fece un passo indietro. Lui era già vicino, confondendo il suo cervello, rendendola incapace di pensare, aumentando i suoi sensi. Non sopportava di averlo più vicino.

Si fermò, e lei lo guardò in modo interrogativo, il suo volto severo. Il suo pomo d'Adamo dondolava e si chiese quanto fosse difficile per lui. "É perché vi amo, Jane. Sono completamente innamorato di voi. Penso di esserlo stato dal momento in cui vi ho vista in quei pantaloni."

Era tutta un fremito, ammonì se stessa. Non era ancora il momento. Non così facilmente. Si sentì grata per le ragazze di cui teneva le mani. "L'ultima volta che avete detto quelle parole, mi stavate accusando di cose di cui un uomo che ama una donna non dovrebbe mai accusarla. Cosa è cambiato?"

Il suo volto cadde e lei vide il dolore nei suoi occhi, il rimpianto, il rimorso. Sentì di cedere ulteriormente, ma sapeva di dover rimanere forte.

"Mi sono reso conto di essere uno sciocco. Tuttavia, non è una scusa. Non perdona come vi ho trattato, tutte le cose offensive che vi ho detto." Guardò le ragazze, e di nuovo lei con una silenziosa supplica. Lei le lasciò andare allora.

"Dolcezze, vedete quella signora laggiù, è Abigail, una mia buona amica. Scommetto che troverà dei dolci e dei biscotti per voi. Forza, ora correte." Le ragazze si allontanarono e lei guardò con un sorriso sul viso come Abigail le accolse, raggiante. Poi, scomparvero nella casa attraverso gli alloggi dei servi.

“Camminiamo”. E così fecero.

“Improvvisamente ve ne siete accorto dopo che me ne ero andata?”

“Sì. Anche mentre vi parlavo, ero consapevole che alcune cose non sembravano giuste. Tuttavia, ero troppo accecato dalla gelosia e tutte le bugie che avevo saputo fecero il resto. Dopo avervi visto stare bene insieme un paio di volte, e tenendo conto del fatto che avete iniziato a prendervi particolare cura del vostro aspetto dopo il suo arrivo, stavo già cominciando a pensare cose ridicole per conto mio. Doveva solo nutrire quei pensieri. Era tutto quello che aveva avuto bisogno di fare. Sono stato così sciocco da cascarci.”

Sentì la sincerità nella sua voce. Ma l’aveva già sentita, quando aveva parlato con lui sulla riva del fiume, ma quello non gli aveva impedito di farle del male, ancora. Dal credere il peggio su di lei.

“E Albert? Cosa gli avete fatto?”

Ci fu una pausa, mentre aspettava la sua risposta. Alla fine parlò, facendoli fermare. Si girarono, in modo che si guardassero a vicenda.

“Questo è il motivo per cui non siamo venuti, prima. Quella sera, dopo che ve ne siete andata, è arrivata una signora. Era incinta e voleva vedere Albert Turley. Gaius era venuto a parlarmene. Come mi aspettavo, andai a incontrare questa donna che chiedeva di un uomo, di cui stavo ancora pensando cosa fare.”

Lei taceva, esortandolo a continuare. Prese un respiro profondo e lo liberò con un sospiro pesante. Lei si preparò per quello che doveva venire. Sembrava qualcosa di serio. Cosa aveva fatto Albert questa volta?

"È venuto fuori che la signora, Marjorie, aspetta il figlio di Albert, e non è l'unica. Era in fuga, nascondendosi dalle molte donne che aveva rovinato. Albert ha già quattro figli, tutti da donne diverse. Altre tre aspettano un bambino, attualmente. Ha perso tutta la sua fortuna molto tempo fa e molto recentemente, il suo titolo. Un giocatore d'azzardo, un cacciatore di dote, un truffatore, la lista dei suoi peccati è infinita. Albert Turley è un ricercato, ricercato per molti motivi e ho dato asilo a un fuggitivo, un uomo malvagio, sotto il mio tetto." Trascinò un respiro tremolante, come per calmare i suoi nervi. "Avevo creduto a quell'uomo, invece che a voi, la donna che ho affermato di amare."

Jane non era sicura di quanto più avrebbe potuto sopportare. Era davvero un giorno pieno di rivelazioni scioccanti. Albert? Qualcosa non le quadrava, riguardo a lui, ma non aveva mai considerato che sarebbe stato qualcosa di così grave. Un sussulto le sfuggì alle labbra e lei alzò le mani in modo che si fermassero.

"Oh mio... è anche peggio di quanto ricordassi. E Benjamin, lo sapeva?"

"Mio cugino dice di no. Albert era venuto da lui con una storia completamente diversa, e aveva cercato di aiutare un uomo che aveva un debito. Questo importa poco. Dopo essere arrivato alla radice della questione, ho visto che Albert è stato arrestato e portato alla corona per rispondere dei suoi crimini. Per quanto riguarda Benjamin, diciamo solo non sarà accolto a casa mia per un po' di tempo. Ogni uomo che non sta attento agli amici che sceglie è cattivo quanto loro. Ero deluso da loro, ma ancora più deluso da me stesso. E pensare che avevo permesso che quel tipo di uomo si avvicinasse alle mie figlie." Lanciò di nuovo un sospiro e Jane poté vedere quanto stava lottando con le sue azioni. Il suo cuore uscì verso di lui. "Ci è voluto un po' per sistemare le cose, e un altro po' per preparare il viaggio. Mi siete mancata ogni singolo giorno, Jane. Ho contato le ore prima di rivedervi."

Il modo in cui disse quelle parole, un sussurro morbido, intimo, come se fosse detto solo per il suo udito, e il modo in cui i suoi occhi trattenevano i suoi, come se la implorassero di vedere la verità. Come poteva rifiutarlo? Anche lei lo amava. Così tanto. E se avesse capito il suo torto, e davvero provasse rimorso, poteva non perdonarlo?

Distolse lo sguardo mentre si schiariva la gola. "Mi avete davvero ferito, Charles. Pensavo che mi conosceste meglio di così. Allora suppongo che non posso biasimarvi del tutto. Avevate ragione a un certo punto. Avevo mentito su chi fossi veramente, anche se per ragioni completamente diverse. Tuttavia, dire che non avessi mentito su tutto il resto? E tenere queste cose lontane da voi, le sue avances... pensavo di fare la cosa giusta lasciandovi prima affrontare la malattia di Benjamin. Ora, vedo che ho sbagliato."

Questa volta, quando egli si avvicinò, lei rimase ferma. Quando cercò la sua mano, lei non rifiutò. E quando la portò vicino alle sue labbra per dare baci sulle sue nocche, lei chiuse gli occhi e lasciò che la dolce sensazione si diffondesse su di lei. Lentamente, sentì il dolore cominciare a svanire, fino a quando non rimase nulla, se non uno spazio vuoto. Libero, da riempire con l'amore.

Quando aprì gli occhi, una lacrima cadde. L'afferrò con il dito e l'asciugò. Si avvicinò allora, finché non ci fu nulla tra loro, e senza parole, le prese le labbra in un bacio. Era tenero, corto e tutto il suo corpo si elettrizzò al contatto. Quando si allontanò, lei lo guardò negli occhi e vide tutto l'amore che brillava in loro.

"Non avete alcuna colpa per tutto quello che è successo. Nessuna. Ciò appartiene al passato ormai e dobbiamo lasciarci alle spalle tutta quella cattiveria. Chiedo solo di non dire mai bugie, per quanto piccole, o di non avere più segreti l'uno con l'altra."

Sorrise. Una richiesta sensata, che poteva essere facilmente esaudita. "Basta. Avete la mia parola."

Un sorriso brillante gli apparve sul viso, alzandogli le labbra ad ogni angolo. "E ho la vostra parola che sarete mia moglie? La madre delle mie figlie e i figli che faremo insieme?"

Le lacrime le traboccarono di nuovo dagli occhi, mentre il suo cuore si scioglieva e il suo stomaco svolazzava. Sentì che alla sua anima spuntarono le ali e si alzò per volare. Gloriosa. Fu glorioso. Se qualcuno le avesse detto che quel giorno avrebbe portato a questo, non ci avrebbe mai creduto.

"Sì. Sì. Avete la mia parola, oggi e ogni giorno."

Il suo sorrisetto si trasformò in un vero e proprio sorriso, e fece un passo indietro per recuperare un piccolo portagioie dalla tasca. Jane sapeva cosa fosse, eppure il suo respiro era trattenuto. E quando cadde su un ginocchio, e aprì la scatola per rivelare la roccia di diamante più grande che avesse mai visto, lei ansimò di meraviglia.

"Charles! È così bello." Lo era davvero. Aveva cinque lati, con il centro rivolto verso il cielo. Alla luce del sole, brillava, riflettendo diversi colori.

"Vorrei poter dire che era di mia madre, e di sua suocera prima di lei... ma questo è vostro, Jane. L'ho preso per voi, perché non riuscivo a pensare a niente di più calzante. Duro, ruvido intorno ai bordi, e incredibilmente bello. La pietra perfetta, per un gioiello altrettanto raro."

Sentì il suo cuore palpitare mentre gli dava la mano. Guardò in soggezione mentre lui infilava l'anello con la fascia d'argento sul suo dito. Chi avrebbe mai pensato che Charles fosse un poeta?

Era una calzata perfetta e lei l'ammirava, le sue interiora, colme di amore e felicità. Quando si alzò per prenderla tra le sue braccia, lei trattenne lo sguardo e alla fine pronunciò le parole.

"Vi amo, Charles Wellington terzo. L'ho sempre fatto, lo farò sempre."

Il suo sorriso divenne incredibilmente più ampio e lei temeva che le sue labbra si sarebbero strappate. "Finalmente. Ho aspettato così a lungo per sentirvelo dire. Potrei sicuramente abituarmici."

Rispecchiò il suo sorriso, anche se una morbida risata sfuggì dalle sue labbra. "Bene. Lo dirò per voi, ogni giorno."

La promessa fu sigillata con un bacio, e il tifo scoppiò intorno a loro. Si separarono per vedere la sua famiglia, il suo staff e quello che aveva portato con sé, applaudire felicemente e congratularsi.

Attonita da ciò, la coppia si mise a ridere, anche se rimasero l'uno nelle braccia dell'altra. Bene, suppose che l'approvazione dei suoi genitori fosse stata ottenuta. La sua famiglia. Vecchia e nuova. Questa era la sua vita ora, e non vedeva l'ora di iniziare a viverla.

Alla fine le cose erano andate bene, dopotutto.

Più libri di Liz Levoy

Una stagione in campagna

Elizabeth Hanbury è abituata alla frenesia della vita londinese, e così quando sua madre decide di farle trascorrere la stagione sociale nella zona rurale di Ossington è tutt'altro che contenta. Spedita in carrozza a casa dei suoi lontani parenti, Elizabeth crede che non ci si possa divertire in campagna. Il suo arrivo nel villaggio coincide con quello di un distaccamento di uomini del re, e il suo primo incontro con il capitano William Daventree.

Ma la scoperta che si dovrà sposare con l'odioso cugino di secondo grado Richard è il catalizzatore che spinge Elizabeth a cercare ogni mezzo possibile per sfuggire all'accordo. Con la sua nuova amica Charlotte, Elizabeth scopre ben presto che la campagna è tutt'altro che noiosa. Dopo un incontro casuale con l'affascinante giovane ufficiale, la scena è pronta per una storia che vedrà Elizabeth contrapposta alle aspettative della sua classe sociale e ai desideri del suo cuore.

Sposerà Richard Ossington e soddisferà le aspettative della sua classe sociale? O sarà spazzata via dall'entusiasmo e dall'avventura del militare che trova irresistibilmente attraente?

Circa l'autore

Liz Levoy è un'autrice di storie d'amore di successo da quando era all'ultimo anno delle superiori. Levoy scrive romanzi rosa davvero appassionanti ed ama avvincere i lettori usando tutta l'esperienza maturata girando il mondo con i suoi viaggi.

I sentimenti d'amore, di desiderio e di chimica dominano ogni suo libro e tutti i suoi personaggi, i quali prendono vita nella strenua battaglia per arrivare all'amore.